不老不死のお薬だしときますね1

黒留ハガネ

BRAVENOVEL
ブレイブ文庫

第一話　ハフティーの賭け

俺の親友ハフティーは、ギャンブルが好き過ぎる。

ハフティーはあるときギャンブルに大負けして、乱暴な取り立て屋に追われるハメになった。

俺はいつかそんなことになると確信していたから、隠し持っていた高飛び用の資金と道具を二人分出して、ハフティーの分を渡した。もちろん取り立て屋から逃げるために。

するとハフティーは大喜びして俺を抱きしめ、追ってきた取り立て屋に意気揚々と高飛びセットを賭けてギャンブルを仕掛けた。

ハフティーのすごいところは、それで大勝ちして無罪放免をもぎ取ったことだ。

まったく、いつだって奴は俺の予想を上回る。

手八丁口八丁で借金取りに借金させたようなもんだ。肝が据わっていると言うべきかギャンブル狂いと言うべきか。

だが彼女に言わせれば「病気の母と妻と娘がいるから負け金を返してくれ」と縋り付く取り立て屋に治療費と治療霊薬を渡した俺も十分狂っているらしい。

いや、俺もたぶん嘘だと思ったよ。

どう見ても苦し紛れの命乞いだ。それを鵜呑《うの》みにするほど馬鹿じゃない。

十中八九、嘘だ。

ヤオサカ
異世界転移者。不老不死の薬を作れる凄腕の霊薬師。
ハフティー
見た目は美少女。とんでもないギャンブル好き。

CONTENTS

FUROU FUSHI NO OKUSURI DASHITOKIMASUNE
PRESENTED BY HAGANE KURODOME
ILLUSTRATION BY RENTA

不老不死のお薬 だしときますね

ウル
（ウルファイトゥラ・ジラジェナ・ィアエ）
公爵家のご令嬢。
何か特別な趣味が
あるようで……？

でも本当だったら困るだろ。

どうすんだよ十中八九の残り一二だったら！　病気の母妻娘が死んじゃうんだぞ！

俺たちはお互いにとんでもねぇ奴だと思っている。

しかしだからこそ親友をやっているのだ。

ある日突然異世界の荒野に放り出された俺がハフティーと出会い、自己紹介より先に持ちかけられた賭け札遊びで彼女を打ち負かしたその日から、死ぬまで続く不滅の友情は生まれた。

あれはお互い飢えと渇きでギリギリの中、革袋一口分の水とポケットに入っていたなけなしの飴玉一個を賭けた感情剥き出しの限界ギャンブルだった。

ハフティーはヘロヘロの俺を短刀で刺して食べ物を奪えたのに、わざわざ賭けを持ちかけた。

俺は勝ったけど、食料を総取りせずハフティーに手を差し伸べた。

河原で殴り合って友情を深めたようなもんだ。それぐらいアツく魂とエゴをぶつけ合う賭けだった。出会ったその日に生涯の友になろうってもんさ。

「ヤオサカ？　大丈夫かい？」

「ん、ああ。ちょっと昔を思い出してただけだ」

ハフティーに脇腹を小突かれ、懐かしい思い出の中から現実に引き戻される。

あのときほどじゃあないが、今も結構ヤバい状況だ。なんせハフティーが賭けに負けまくり、俺たち二人とも身ぐるみを剥がされている。

財布はとっくにすっからかん。

旅暮らしに必要な馬車もマントも調理器具も、何もかもを巻き上げられ、哀れにも俺はパンツ一丁。ハフティーも下着だけ。

素寒貧ってヤツだ。風が寒いです。

だだっ広い草原を貫く街道の脇に作られた野営用の小さな広場には、俺たちの馬車と賭け相手の商人の馬車が停まっていたが、今ではこの野営地に俺たちの物は何もない。

負け過ぎだよ、ハフティー。そして賭け過ぎ。

だがハフティーはようやく楽しくなってきたとでも言わんばかりにウキウキしている。

恐ろしいことにここまで剥がれてまだツッパるつもりらしい。どういうメンタル？

「よしわかった、金貨三枚分の証文を書こう。後日神に誓って必ず支払う。その証文を担保に賭けを続けて――――」

ハフティーは口先で丸め込もうとしたが、賭け相手の小太り商人は悪そうな顔にくっついた豚みたいな鼻をフガフガさせ言葉を遮った。

「は！　信用できんな。放浪《ほうろう》の民の証文なぞ尻を拭く紙にしかならん。貴様らは都合が悪くなればすぐ他の地方に逃げる犯罪者だ。現金、現物でしか賭けは受け付けん」

小太り商人はハフティーの剥き出しのヘソ辺りに入った放浪民族独特の入れ墨に目をやりながら冷たく言った。

なんだとぉ、こいつッ！

ハフティーが何をしたってんだ。何かお前に悪いことしたか？　言うに事欠いて犯罪者だ

とぉ？

悪《イカサマ》いことしたしバリバリに犯罪歴あるし正論だな！　ごめんなさいね！

頼れる交渉役が「アチャー」の顔をしてしまったので、代わりに俺が矢面に立つ。

「俺は放浪の民じゃない。入れ墨ないだろ？　俺が証文を書くから――」

「黙れ。知っているぞ、黒髪のヤオサカといえば怪しげな霊薬を売りさばく放浪の民の霊薬師だ。信用できるわけがなかろう。目を離した隙に薬を盛られたら敵わん」

「ああなるほど、その手があったか！　頭いい～」

「………」

「いやあの、ごめんなさい俺が悪かったです。薬盛ったりはしないので」

俺は両手を上げ、精一杯の愛想笑いで引き下がった。

だめだ～！　交渉決裂。口が滑ったのもあるが取りつく島もない。

しかしなんとか賭けを続けなければヤバい。せめて不老不死の霊薬だけでも取り返したい。

なんの変哲もない普通の薬瓶に見えるだろうから薬効はわからんだろうけど、この世に二つとない貴重な品だ。こんなところで失えない。

そもそもこの賭けが始まった理由は、手っ取り早く旅費を稼ぐためだ。

放浪の民のハフティーは物心ついたときから世界中を流離《さすら》っている。ワケもわからずこの世界に投げ出されてから七年間、俺もまたハフティーの相方として旅をしてきた。

普段は俺がちょっとした霊薬を作り、ハフティーがそれを売って得た金を賭けで増やしたり減らしたりして生計を立てているのだが、先日完成した不老不死の霊薬をちょっと遠くまで配達しに行くことになった。

　そこで長旅にかかる費用を手っ取り早く確保するためにハフティーが商人を捕まえて賭けを持ちかけ……御覧のあり様だ。

　楽に稼ぐつもりがイカサマを見破られ封じられ、負けに負けて一文無し。

　このままではウーバー霊薬の旅どころか、裸一貫で再出発するハメになってしまう。

　不老不死の霊薬まで賭け始めた辺りで止めていればこんなことには……でもハフティーが「絶対行ける」って言うからさぁ。

　負けを取り返そうと沼に嵌《はま》った敗者の言葉なんて信用できないけど、自信ありそうだしいけるのかなって思った俺が大馬鹿でしたよ。

　泣きわめいて鼻水垂らしながら靴を舐めれば薬瓶の一つぐらいお情けで返してもらえないかな、と画策していると、ハフティーが何やら決意を固めた様子で話しかけてきた。

「ヤオサカ」

「ん？」

「私に考えがある。危険なやり方だが、信じてくれるかい」

　俺は躊躇《ちゅうちょ》なく頷いた。

「もちろんだ。お前はすぐ嘘つくし騙すし俺の金を勝手に賭けてスっちまうとんでもねぇ女だけど、最後は帳尻合わせるって信じてる」

「ありがとう」

ハフティーは心底ホッとした様子で微笑み、小太り商人に向き直り言った。

「大旦那、賭けるのは現物のみと言ったね？　彼の身柄を賭けようじゃないか。大旦那が勝った暁には、霊薬師ヤオサカを奴隷にでもなんでもするがいい」

「おっと～？　ハフティーさん？」

「大丈夫だ」

ハフティーは力強く頷いた。

いや全然大丈夫じゃなくない？　聞いてないッスよ。いや、だから信じてくれるかって聞いてきたのか。

さすがに冷や汗をかく。もちろん俺はハフティーを信じてるよ。信じてるけど酷い。やってることゴミカスだぞ。

ハフティーの「最終的に勝てばいい」精神には今まで何度も感服させられたが、同じ回数だけドン引きもする。

本当に大丈夫なんだよな？

な？　俺たち、親友だよな？

「いいだろう」

小太り商人はハフティーの提案を打てば響く二つ返事で了承し、好色な目で続ける。

「『博徒ハフティー』なら『霊薬師ヤオサカ』の三倍の値をつけるぞ？　口を縫い合わせ指を

落としても、その顔ならいくらでも買い手がつく」

「おっ、良かったじゃんハフティー。超絶美少女だってさ」

「ヤオサカの相手と状況を弁えない前向きさ、私は好きだよ。申し訳ないが私自身は質に入れられない。私は我が身が惜しいクズでね」

清々しいクズ宣言に、俺は思わず深々と頷いた。

それは本当にそう。俺の親友はクズだ。

ハフティーはどんなに追い詰められても自分自身だけは賭けないんだよなぁ。

俺のことは賭けるのに。ひでぇや。

俺を担保にした賭博の続行は同意され、宣誓書に署名してハフティーの手元に幾許かの金貨が戻される。親友を質に入れて得た金貨を前にハフティーは神妙な顔を作ろうと努力していたが、ちょっと笑みが漏れ出ていた。

俺は一連のやりとりを指を咥《くわ》えて見ていることしかできない。ギャンブルの領域で俺にできることは何もない。人生初ギャンブルでギャンブルの達人に勝ったあの一勝は奇跡か何かだ。

いや待てよ？　よく考えてみたらできることあるかも。

奇跡か幸運の霊薬か何かを急いで作ってハフティーをドーピングして……だめだ調薬器具も賭けで取られてる。アカン。

これは自慢だが、俺は七年あれば不老不死の霊薬を調薬できる空前絶後のスーパー霊薬師だ。自分以外の霊薬師には会ったことがないが、世界でも指折りの腕前を自負している。

しかし道具がなければなんもできねぇ。霊薬が作れない八百坂《ヤオサカ》はただの二十代一般男性だ。悲しい。

「大丈夫。私を信じたまえよ」

不安過ぎて貧乏ゆすりが止まらない俺の指先に触れ、ハフティーがウインクする。

さっき同じセリフで同じことした直後、綺麗に負けて服を剥がされたんだが？

逆に信頼が揺らぐ。ボロ勝ちしている小太り商人も流石に半笑いだ。

負けを取り返そうとして負けを重ねる今のハフティーは正に典型的なギャンブル中毒者の末路といった風情。「次で勝てるんだ！　あと一回で絶対勝てるんだ！」とわめきながら沈んでいった数えきれない賭博師の哀れな姿と、舌をちょっと出して配られた札をめくるハフティーの姿が重なって見える。

ああああああ、あの札の中身次第で俺は奴隷！　やば過ぎ。

……だが俺は知っている。

大丈夫。思い出せ、不安なんて感じることはないだろう？

ハフティーはカスはカスでもいいカスだ。

逃げるハフティーを庇った俺が牢屋にぶち込まれたとき、彼女は翌日にどうやってか（たぶん賭け事で）大金を稼いできて、賄賂と保釈金の二段構えで俺を解放してくれた。

俺が国営の薬草畑に忍び込んで捕まったとき、ハフティーは警備兵の浮気の証拠を掴んできて脅迫し、脱走させてくれた。

偽金作りの片棒を担がされあわや処刑というとき、処刑人が昔大勝ちしたハフティーに借金を返してもらった恩があるという奇跡が起きて逃がしてもらえた。

ハフティーとの旅はいつだって波乱万丈で、苦しいときがあっても最後には肩を組んで笑い合える。

だから彼女と俺は親友なのだ。

俺は確信している。

俺は知っている。

どんなに負けても、コテンパンにやられても、もうだめだと思っても。

ハフティーは最後には勝つのだ。

いつだってそうだった。

だから俺は安心して自分自身を親友に預けられる。

小太り商人は自分の手札を公開した。彼の手札よりも強い手札がハフティーの手になければ、俺は奴隷堕ち。

俺はドキドキしながらハフティーの手元を注視する。

ハフティーは太陽のように明るい金髪をかき上げフッと笑い、俺を見て言った。

「ごめんヤオサカ。負けた」

「嘘だろハフティー！」

ハフティーが公開した手札はよりにもよって理論上最弱の組み合わせだった。

俺は小太り商人の奴隷に堕ちた。

第二話　イアエ公爵家

賭けで俺を失ったハフティーはもう賭けられる物がなくなり、薄情にも尻尾を巻いて逃げ出してしまった。

俺はショックで呆然だ。信じて任せたハフティーが負けて逃げ出すなんて。

丸一日経って正気に戻ってからは「そうはいってもなんやかんや奪還してくれるだろ」と気楽に構えていたが、さらに数日経ってもサッパリ音沙汰がない。

これは……。

ハフティーの身に何かあったのでは⁉

心配だ。

俺は手枷《かせ》と足枷をつけられ馬車の荷台に積まれていたが、口は動く。ガタゴト揺れる車上で舌を噛みそうになりながら、手綱を取る小太り商人に話しかけた。

「なああ、ちょっとお願いがあるんだけど。人をやってハフティーが困ってないか調べてくれないか？　俺を助けに来ないってことは、なんかヤバい状況になっちまってると思うんだ」

「……お前は何を言っているんだ？　お前の売り先はもう決まっているんだ、寄り道なんぞできるか。それに自分を売った女の心配をする馬鹿があるか。黙って大人しくしていろ」

小太り商人はチラと俺を振り返り、呆れ顔で冷たく断った。

はぁん？　ハフティーが俺を売った？

そっちこそ何を言っているんだ。

「ハフティーは俺を売ったりしない。親友だからな」

「霊薬師は頭の出来が悪くても務まるんだな？　親友を賭けに使う奴はいない。お前はあのクズ女にとってなくしても諦めのつくただの道具だったんだよ。いい加減自覚して、ショボくれて大人しくしていろ」

「ハフティーはそんな奴じゃない。クズ女にも人の心はある」

俺は断固として抗議した。ハフティーはクズだけどいい奴だ。

あいつは傷ついた小鳥を拾ったら羽をむしって丸焼きにしていたし、偶然助けたヨボヨボの老人が実は貴族だとわかったときにはしつこくまとわりついて限界まで金をタカっていた（そして全額賭博でスッていた）。

そんなハフティーが俺を売り物にするだなんて……めっちゃしそうだけど、するわけない！

今回のことだってきっと何かミスってうっかり負けてしまっただけだ。

「たぶんさあ、ハフティーは俺を奴隷堕ちさせちまって心を痛めてると思うんだよ。俺は心配だよ。大旦那は心配にならないか？」

「お前の能天気な喋くりを聞いていると頭痛がする。いいか？　もう一度だけ言うが、大人しくしていろ。黙れ。さもなきゃ猿轡《さるぐつわ》嚙ますぞ」

小太り商人は俺と会話する気があんまりないようで、何を話しかけても塩対応だ。

俺は渋々荷台の荷物の隙間に身を沈め、草原を貫く一本道の先に見えてきた大きな街を遠望した。

どうやらあの街で俺は売られるらしい。せめて奴隷を虐めたりしない人に買ってほしいが、どうなることやら。

◆◆◆

小太り商人に運ばれてやってきた宗教都市ケンテレトネクは、この世界のほぼ全ての人間が信仰している「井戸教」の総本山だ。

井戸教は妙ちきりんな名前の宗教なだけあって教義も変わっている。

ザックリ言うと「人は死ぬとあの世に行きます。あの世で死ぬとあの世バージョン2に行きます。あの世バージョン2でも死ぬとあの世バージョン3に行って、そこでも死ぬと以下省略」という無限コンティニューの世界観が根底にある。

死んだら井戸を通って世界の底に行き、次の世界へ降りていくらしい。だから井戸教と呼ばれている。

まあごちゃごちゃ理屈はこねているが、今の人生でいいことといっぱいすると、次の世界でボーナス付きの人生送れるから頑張ろうね、という教えなんだとさ。すごく平和。

一方で、井戸教徒は生まれたときに必ず祝福を受ける必要があり、祝福のために必要な道具を生産しているのはこの宗教都市ケンテレトネクのみ。

そして祝福を受けるためには寄付が必要だ。

だいぶあくどい独占商売だとハフティーは言っていた。俺もそう思う。

特に放浪の民は井戸教の祝福を受けずに一生を過ごすから、井戸教徒は必要ない物にありがたがって金を払う間抜けに見えるのだろう。

とにかくケンテレトネクはそういう街だ。宗教都市で、巡礼者が集まり、金も集まる。

曰く、世界の中心。

そんな大それた呼び名も納得の、人類屈指の大都市だ。

小太り商人は人々でごったがえす中心街でいくつか商談を済ませてから、俺を貴族の屋敷に連れていった。

貴族の屋敷はデカかった。レンガ造りの歴史の趣を感じさせる豪勢な屋敷で、小学校を丸ごと個人宅にしましたみたいな規模だ。

小太り商人は門前の警備に紹介状を見せて広い敷地の中に通される。

俺は荷台の上から花園を手入れしているお爺さんに会釈し、愛想良《よ》く会釈を返してもらった。

井戸から水を汲んでいるメイドさんも物珍しそうに俺を見ていたが目が合うとニコニコ手を振ってくれたし、樹の枝にとまっていた小鳥までもが俺の頭の上まで飛んできて綺麗な花を落としていってくれた。

なんだここ？　あったけぇ～。

ぽかぽか陽気が気持ちいいし、花畑のいい匂いするし、みんな優しそうだし、どこかに売られるならぜひここに売られたい。

小太り商人が屋敷の玄関のノッカーを叩くとすぐに老齢の品のいい執事が対応に出てきて紹介状を検める。異常はなかったようで、手枷と足枷に加え猿轡まで噛まされ喋れなくなった俺は小太り商人に鎖を引かれ応接室で待つ買い手の前に引っ立てられた。

品定めの時間だ。

ピンと背筋を伸ばしながらもゆったりソファに腰を預け待っていたのは、四〇がらみの貴族と、俺と同い歳くらいの令嬢だった。

小太り商人がこの屋敷の主らしい貴族と時候の挨拶から始まる退屈な商談を始めたのを尻目に、俺は俺をじーっと見つめてくる御令嬢とコンタクトを取る。

御令嬢は虫も殺せなさそうな印象の大人しい女性だった。

燃える炎のような鮮やかな赤毛をゆるく結って腰まで伸ばし、フォークより重い物を持ったことがなさそうなほっそりした腕と足は普段着らしい楚々《そそ》としたドレスにゆったりと隠されている。

深窓の令嬢というやつだろうか？　人生の楽しさと喜びだけを与えられて育ったような人のいいおっとりした顔立ちだけ見れば歳下かと思うが、胸の発育を見る限り成人していそうだ。

文字通り手も足も口も出ない俺は黙って見つめ合うしかなかったが、彼女は見た目通りの控え目な声で父親に進言してくれた。

「お父様、彼とお喋りをしたいです。口枷を外しても？」

「ん？　ああ。ベニスさん、構わんね？　話を戻すが魔王騒ぎによる輸送費高騰を加味してもその価格は納得しかねる。無論、当家は商品を不当に値切る真似をせぬ。しかしだね、平均的な奴隷相場の一〇倍ともなると流石に――――」

御令嬢は商談を白熱させる父に断りを入れ、小太り商人から枷の鍵を受け取り、俺の口枷を外してくれた。

ふぃー、やっと息をしやすくなった。助かったぜ。

親切な買い手の娘さんに頭を下げてゴマをすっておく。

「どうも。初めまして霊薬師のヤオサカです。奴隷です。特技は霊薬の調薬です」

「ご丁寧にありがとうございます。ィアエ公爵令嬢ウルファイトゥラ・ジナジュラ・ィアエと申します。どうぞ気軽にウルとお呼びください。特技は……特技は、特にありません」

御令嬢、ウルはそう言って肩身が狭そうに縮こまった。

ほんとか～？　お花育てるのとか得意そうに見えるけど。偏見かな。

「この家は奴隷でも普通の人と変わらない扱いをしてくれるんですね。ここまで来る道中、奴隷がつけあがるなって散々躾《しつ》けられたんですが」

「確かに当家では慈善事業の一環として本人の責でない理由により困窮している方、奴隷となってしまった方を良い待遇で迎えるといったことをしています。仰る通り一般的な奴隷より扱いは良いのでしょう」

やはりな。いいじゃん？　俺、ここの家の子になるぅ！

「ですがヤオサカさんは例外です。家のことがなくても厚遇されたでしょう」

「え？　な、なぜ」

俺、そんな特別扱いされる身分か？　異世界から降ってわいた戸籍もない男だし、賭けのカタに売り飛ばされたどこにでもいる奴隷だぞ。

まさか俺が不老不死の薬を調薬できるって知られてるワケじゃあるまいな。俺とハフティーとお届け先の男の三人しか知らないはずだぞ。

もしかしてこれから地下牢かどこかに監禁されて霊薬製造機にされるんじゃあ……

内心戦々恐々としながら尋ねると、ウルはたおやかに微笑んで答えた。

「実は私、ちょっとした伝手がありまして。放浪の霊薬師ヤオサカの勇名を前々から知っていたのです。機会があればお会いしたいとずっと思っていました。このような出会いの形になってしまって残念ですが、仲良くしてくださると嬉しいです」

「あ、はい。ちなみに俺のどんな話を……？」

「とても優しい方と聞いています。どれほどの悪事を働いた者であっても情けをかける、慈悲深い方だと」

「ええ？　いや、そんなことはないけどなぁ」

俺が慈悲深いっぽい奴でいられるのは、たぶん本物の悪人に会ったことがないからだ。

さすがに純度一〇〇％の悪人に会ったら俺だって情けかけないぜ？　マジ容赦しない。今すぐめちゃくちゃ痛い目に遭って反省して改心していい奴になれって思う。

まあでも不老不死の霊薬については知らないようで良かった。自分で作っといてなんだけど、あんなモン三〇〇%血で血を洗う凄惨な奪い合いの原因になるからな。知られないに越したことはない。

「ヤオサカさんがよろしければぜひ当家に逗留《とうりゅう》していただきたいです。昨今は魔王に対抗するため戦争奴隷が多く集められていると聞きます。戦争奴隷を卑下するわけではありませんが、あなたのような素晴らしい方が戦場の一兵卒として散ってしまうのは想像したくありません」

「は、はあ。どうも……？」

会ったばかりなのにやたら好感度が高くて困惑してしまう。

この人、いったいどんな噂を聞いたんだ？　異世界に来てから七年間、ずっとハフティーとつるんで賭場を荒らしたり子供のおやつを巻き上げたり、悪いことばっかりしてきたはずだが……

あ!?　ひょっとしてアレかな？　母と妻と娘が病気だったオッサンが俺のおかげで助かっていい噂広めてくれてるとか!?　ありそう〜！　いいことはするもんだな！

俺とひとしきり話して満足したのか、ウルは渋面を作っている父親に向き直り言った。

「お父様。私預かりの歳費から出して構いませんから、ベニスさんの仰る通りの額を支払って差し上げてくださいませんか」

「ふむ？　そんなに彼が気に入ったのか？」

「ええ、とても」

「ふーむ……まあ良かろう。ではベニスさん、そのように話はまとまった。サインはどこに？」

ウルの鶴の一声で俺の命運は決した。

ベニスはサイン入りの証文とずっしり重そうな金貨一袋を受け取り、俺を一瞥《いちべつ》もせずホクホク顔で帰っていった。

あいつ、俺を法外な値段で売りつけやがったな。奴隷をいくらで売ろうが奴の勝手ではあるが、なんか納得いかない。

くそっ。急に慈善の心に目覚めて全額孤児院とかに寄付しろ！

呪詛を送っている間に手枷と足枷も外され、俺は当主親子と別れ執事さんに奴隷用の相部屋まで案内された。

今後屋敷で割り振られる仕事については追って沙汰があるから、ひとまず先輩奴隷に基本的な部分について教えてもらうように、とのお達しだ。

案内された奴隷部屋は狭かったが、窮屈というほどではなく、貧乏学生が借りる安アパートの一室程度には空間があった。その空間の大部分を占める簡素なダブルベッドの上から、先輩奴隷が顔をのぞかせて挨拶してくる。

「おっ？　お前が今日新しく来るっていう新人か？」

「そうです。初めまして、ヤオサカです」

「あー、タメロでいい。奴隷同士だろう。しかし、ふーん。お前がヤオサカか……いや、気に入った。いいツラしてるな」

「はあ」

理由もわからず気に入られ褒められて頭を掻く。今日はよく初対面で好感度が高い人に会う日だな。いいツラしてるなんてなかなか言われたことないぞ。

まさかこの男、同性愛者じゃないだろうな？

俺をじろじろ見て笑顔になった先輩奴隷はベッドから降りてきて、水差しから冷たい水を注いで歓迎の乾杯をしてくれる。

水を酒のように旨そうに呷《あお》った先輩は、俺の身の上話を聞いてきた。

隠すことでもないので素直に話すと（不老不死の霊薬周りについては隠した）、涙ぐんで何度も頷いた。

「そりゃー災難だったなあ。家族とも、家族みたいに思ってた親友とも離ればなれか。苦労したなあ、大変だったなぁ。でも安心しろ、この屋敷できっと新しい家族ができるさ。いい人ばっかりだからな……ああそうだ、お前好きな人はいるのか？」

「あー、親友ならいるけど、今は好きな人はいないかな」

「なるほど。じゃ、ウルお嬢様はどうだ？　ウルお嬢様のヤオサカへの好感は『いいひと』だ。お嬢様はヤオサカみたいな優しくて懐が深い男に弱いから簡単にオトせるぞ。好きな贈り物は花だ」

「!?」

いきなりなんだこの男!?　急にギャルゲーみたいなこと言い出しやがった！

「い……やあ。雇用主ご家族に恋慕の情とか、そういうのは、えー、ちょっと、アレかな、みたいな」

俺はやんわりと先輩奴隷に良識を示した。

絶対に職場の人間関係がギスるやつじゃん。

奴隷と主人の禁じられた恋とかやだよ俺。せっかくいい雰囲気の家に買ってもらったのに、人間関係で気まずい思いしたくない。

というかそもそも好きとか好きじゃないとか言えるほどウルお嬢様のことよく知らないです。ちょっと話しただけっす。

「そうか？　まあ無理強いはしないが……」

俺の気乗りしない返事に、先輩奴隷は残念そうに肩を落とした。

この人恋バナに飢え過ぎじゃない？　どういうファーストコンタクトなんだよ。

ペースを掴まれないうちに要件を済ませてしまおう。

「それよりちょっとお願いがあって。執事の人からこの屋敷の奴隷の基本的なことについて教わっとけって言われたんだけど」

「ああ、それなら任せろ。屋敷の荷担《にかつぎ》奴隷になって七年経つからな、大体のことは教えてやれる。ついてこい」

荷担先輩はどんと胸を叩き、早速屋敷の案内に俺を連れ出してくれた。

奴隷の待遇にはアタリとハズレがある。

例えば鉱山奴隷はキツくて死亡率が高いことで悪名高い。落盤で死んだり、有毒ガスで死んだり。死ななくても手足が切断されたり粉塵《ふんじん》で肺を患ったり散々だ。バチバチの重労働でシンプルに体を壊したりもする。

料理奴隷や掃除奴隷などは楽だ。料理を任されるということは、毒を仕込んだりしないと信頼されているわけだから、恨みを買うほど酷い扱いにはならない。料理のおこぼれをもらえたり、サボりスポットで休憩できたりもする。

荷物を運ぶ荷担奴隷だという先輩は、屋敷を正門から便所まで隅々引率案内しながら雇い主に見つからない休憩スポットを教えてくれた。

「この倉庫の小麦袋の後ろはまずバレない。入ってくるのは料理奴隷だけだからな。休んでいてもガーガー言わん。よくネズミの死体が転がってるから踏まないようにするのと、小麦袋に腰かけるなら尻に粉をつけないように気を付けろ」

「それは耳より情報」

「そうだろう、そうだろう。人間、休まないと体を壊すからな。休憩は大切にすることだ。ところでヤオサカはそばかす女は好きか？」

「え？　いや、まあ、特に好きでも嫌いでも」

「なるほど。じゃ、料理奴隷のククはどうだ？　今のククのヤオサカへの好感は『新人奴隷』

だ。ククは背の高くて筋肉質の男に弱いから、筋肉をつけて偶然を装って上裸を見せつければグッと距離が縮まるだろう。好きな贈り物は流行りの服だ」

荷担先輩はニカッと笑った。

まーた女の攻略情報だ。先輩、このやりとり四回目っす。出会ってから小一時間でもうなんとなくどういう人なのかわかってきた。

俺を気に入ったというのは本当のようで、休憩スポットからおやつのねだり方、衣服新調申請の通し方まであれやこれやと丁寧に教えてくれている。

ついでに女の攻略情報も教えてくれる……というかむしろ女の攻略情報のついでに屋敷について教えてくれている。好意一〇〇%の世話焼き笑顔で。

恋バナ好きなんすね。俺も嫌いじゃないよ。俺自身の話じゃなければ。

「荷担先輩はなんか浮いた話ないのか？　これだけ屋敷の女情報に詳しいって相当好き者だろ」

「ああ、こっちのことは気にするな。ヤオサカは自分の嫁を見つけることだけ考えればいい。紹介した女の中に気に入ったのはいたか？」

「いや話を聞いただけで『これ！』っていう人は……というか、なんでそんな俺を結婚させたがるんだよ。交際すっとばして嫁って性急過ぎる」

「そりゃー早くヤオサカの子供の顔を見たいからな。孫の顔も。産めよ増やせよ、地に満ちよ、だ」

「そういう規模の話⁉」

本当になんなんだこの男は。話せば話すほど変人指数が上昇していく。

普通、出会って半日も経ってない相手に「お前の子供の顔が見たい」なんて言うかぁ？

そういうのは両親とか爺ちゃん婆ちゃんが言ってくるもんだろ。

距離感バグってやがる。変な人だ。

でも悪い人じゃなさそう。

それからざっと荷担先輩に連れられて広い屋敷の敷地を見学したが、屋敷の構造より先に屋敷の住人（女性限定）のパーソナルデータばかり覚えてしまった。

こんな情報どう使えってんだよ。ここは職場であって婚活会場じゃない。職場恋愛は厄介事を引き起こすってそれ一番言われてるから。

屋敷の敷地をじっくり一周して俺たちに割り当てられた奴隷部屋に戻ると、部屋の前にぽっちゃり系の女奴隷が木箱をふぅふぅ言いながら下ろしていた。

キツそうだったので手を差し伸べる。

「手伝いましょうか？」

「いいえ、この箱で終わりですので。あなたが新人奴隷のヤオサカさんですね？　私は――」

「彼女はまだ勧めてなかったな。ヤオサカ、太った女が好きなら洗濯奴隷のヤヤはどうだ？

今のヤヤのヤオサカへの好感は『荷担奴隷のゴミ話に付き合わされてるかわいそうな人』だ。

ヤヤは金と権力に弱いから、ヤヤを落としたければ脱奴隷を目指さないとな。好きな贈り物は下品なぐらいギンギラギンの金銀財宝だ」

ハラハラしながら荷担先輩の赤裸々な攻略情報を聞いていると、下品なぐらいギンギラギンの金銀財宝が好きなヤヤさんの額に青筋が立った。

「そういう下世話な話は本人の前でしないでください。ぶっ飛ばしますよ？　ヤオサカさん、これ商人さんからウルお嬢様が買い戻してくださったあなたの荷物です。運んでおきました。ウルお嬢様に感謝を忘れないよう……そう、こういう物を運ぶのは本来荷担奴隷の仕事なんですけどね？」

金と権力に弱いヤヤさんは「しまった」の顔をした荷担先輩を睨みつけ、クソデカい舌打ちをして去っていった。

荷担先輩は頭を掻いて溜息を吐く。

「悪いなヤオサカ。お前の好感まで少し下がったみたいだ」

「いや別に」

この屋敷には女漁りするために来たわけじゃないんで。

つーかそもそも俺には不老不死の霊薬を届けるという目的がある。こんなところで恋愛にうつつを抜かしている暇はないのだ。

いい感じに奴隷の仕事をこなして大人しくしておいて、屋敷の人たちが油断したところでヌルッと脱走する。仮置きとしてそういう計画だ。

俺は女を紹介されるたびに難色を示しているのだが、荷担先輩はめげる様子がない。この人どんだけ俺に女とくっついてほしいんだよ。何が彼を駆り立てるのか。

「そんなこと言うなよ、職場恋愛だって悪いもんじゃないぞ。紹介した中でグッときた女はいないのか？　一人も？　……まさか男が好きなんじゃあないだろうな。だめだぞ、同性愛は嫌いだ」

荷担先輩は自分で自分の怒りのツボを刺激してムッとした。

め、めんどくせぇ。アンタの性癖は知らねーよ。

俺も男だし、魅力的な女性を紹介してもらって悪い気はしない。しかし恋愛の予定はないし(恋愛は予定を立ててやるものでもないが)、ここまで見境なく紹介されると辟易《へきえき》する。アンタは俺の仲人か。

なんか適当言って黙ってもらおう。

「いやぁ、赤毛の女性は、ね……」

「あー。そりゃ厳しいな」

俺のやんわりした恋バナ拒否に、荷担先輩は難しい顔で唸《うな》った。

この世界では七年前から奇病が流行していて、かつて色彩豊かだった人々の髪色は揃いも揃って赤くなってしまった。

炎のような赤とか、赤褐色とか、ピンクに近い赤とかの違いはあるが、だいたいみんな赤い。この屋敷の人々も赤、朱、赫、緋で赤だらけ。

ただし髪を染めたり脱色したりする人は当然いるし、老齢になれば白髪になるので、完全に赤髪しかいないわけではない。

俺は天然黒髪だし、ハフティーも天然で金髪だしね。例外はある。

荷担先輩が沈黙している間に、ありがたくもウルお嬢様が買い戻してくれたらしい俺の荷物を検分する。

火口箱やら水袋やらベルトポーチやらを取り出して脇に除けると、ちゃんと霊薬調薬道具も入っていた。

良かった、不老不死の霊薬と眼鏡もある！　小太り商人はやはりこのなんの変哲もない薬瓶にしか見えない不老不死の霊薬の正体を見破れなかったらしい。見破っていたら絶対チョロまかしている。

何はともあれ不老不死霊薬を急いでポケットの底にしまい込み、眼鏡をかける。

ふぃ〜、落ち着く。体の一部が戻ったような安心感だ。

眼鏡のツルの位置を調節していると、荷担先輩が意外そうに言った。

「なんだ、ヤオサカは目が悪かったのか」

「ああいや、目はいいよ。これは霊薬作りに使うやつ」

「眼鏡が……？」

「眼鏡が」

霊薬は魔力を調合して作るのだが、俺はこの眼鏡がないと魔力が視えず霊薬を作れない。

昔ハフティーが井戸教の聖職者と賭け事をして巻き上げたこの眼鏡には魔力視効果なんてな

いはずなのに、俺とハフティーがかけると何故か魔力が視えるようになる。

理由はわからない。考えても何故なのかわからないので不思議だなーと思いつつ便利に使っている。

不可解そうに首を傾げる荷担先輩だったが、俺が木箱を部屋に運び込もうとすると手伝ってくれた。優しい。

やたら恋愛周りに首突っ込んでくる変な人だけど、変な人の相手には慣れている。

脱走までの暫くの間、仲良くやっていけそうだ。

◆◆◆

俺を買ったのはウルお嬢様だから、俺の命も仕事の割り振りもウルお嬢様の好きにできる。

当然俺は霊薬作りを命じられるとばかり思っていた。

しかし不可解にも、ウルお嬢様は相場の一〇倍にもなる大金をはたいて購入した俺に何も命じなかった。

最初の数日は配置先でモメてるとか、仕事のシフトの調整が難航してるとか、はたまた父親との間で俺の役割や所有権についてなんやかんやあるのかなー、とにかく事情があるのだろう、と思っていた。

あまりに暇なので荷担先輩の後ろをついて回ったり、厨房にお邪魔して芋の皮むきを手伝ったり、洗濯を教えてもらって手伝ったりしていたのだが、十日もほったらかしにされるとさすがに我が身の処遇が気になってくる。

荷担先輩を筆頭とした他の奴隷と世間話をしながらのらくら仕事をするのは楽チンだ。「仕事何も命じられてないですけどいいんスか？」なんて聞いてキツい仕事を割り振られたら超ヤブヘビ。今の状況はすごくいい。

けど、なぜ放置されているのか思惑がわからないのは不気味だ。不安になる。

俺には不老不死の霊薬を依頼人のもとに配達しに行くという大切な仕事がある。ハフティーのミスで奴隷になってしまってもそこは揺らがない。

だから脱走は確定事項で、そして脱走するなら注意を向けられず放置されているほうが都合がいいのだが、俺はついつい不安と好奇心に負けてウルお嬢様にお伺いを立てに行ってしまった。

書斎で書物を見ながら何やら書き物をなさっていたウルお嬢様は、ノックをして入室した俺を見て普段の柔らかな表情を硬くした。

「鶏惨殺事件の話ならお父様にお願いします。今日その件で来るのはヤオサカさんで六人目です」

「あ、いや別件です」

鶏惨殺事件は今イアエ公爵家で一番ホットな話題だ。

家畜小屋の鶏が毎夜無残に殺されている連続殺鳥事件で、奴隷の間で囁《ささや》かれる怪談じみた恐ろしい噂を聞いていると魔王よりヤバい奴が現れたように錯覚する。怖い。

ちなみに俺は凶暴な狐か猫が屋敷のどこかに巣を作ってしまった説を推している。

そして荷担先輩は「ヤオサカは犯人が女だったらお前の好みか？」説だ。

あの人それしか言わない。もう慣れた。

「あのー、聞き逃していたとか、伝達不備とかだったら申し訳ないんですけど。何も仕事を命じられていないような気がして」

「ああ」

ウルお嬢様は上品な仕草で本を閉じ万年筆をペン立てに置くと、表情を和らげ微笑んだ。

「言っていませんでしたか？　それは失礼しました。当屋敷ではヤオサカさんのお好きに過ごしていただいて構いませんよ」

「好きに？」

「はい。命じる仕事はありません。ヤオサカさんは当家の客人のようなものです。なんでもお好きなようになさってください」

「なんでも？」

「はい。御要望がありましたら私に言ってくだされぱすぐに対応します」

「じゃあ奴隷から解放して……」

「それはだめです。逃がしませんよ」

ウルお嬢様は急に真顔になってキッパリ言った。

なんだよ！　なんでもって言ったじゃん！　嘘つき！！！

「どうしてだめなんですか？」

「質問を質問で返すようですが、どうしていいと思ったのですか？」

「いや、ウルお嬢様はお優しいので、こう、慈悲の心で」

「過大評価です。私はそう優しい人間ではありませんよ。理由も言わずあなたをここに閉じ込める悪い女です」

儚《はかな》げに俯くウルお嬢様は絵に描いたような薄幸の美少女といった風情。なんかワケがありそうだ。

うーん、本人が自分で「悪い女」って言ってるし、監禁が趣味の悪い女とかなのかな……

いやそんなワケあるかーい！

一人ツッコミしながらチラッと文机の上の書きかけの書類を見ると、料理奴隷クク先輩のサプライズ誕生日パーティ企画書だった。

あーらら。ウルお嬢様、それで悪女気取りは無理があるっス。やっぱりいい人やんけ！

まあ理由はわからんが暇させてくれるならそれでいいか。これ以上ついても何も話してくれなさそう。

逃がさないとは言うけど、俺はハフティーと一緒に数々の牢屋から脱走してきた。

そっちが悪い女ならこっちは悪い男だ。高い塀に囲まれ見張りが立っている警備厳重な貴族の屋敷でもヌルッと脱出してやるぜ。

もう話すことは話して用事もないので帰ろうかと思ったが、少し気になって一声かける。

「ああ、ウルお嬢様」

「はい？」

「指に赤いインクついてますよ」

「!? ……気付いていませんでした。ありがとうございます」

「いいえ。では失礼します」

一礼して、ウルお嬢様の書斎を出る。

大貴族の御令嬢が使うに相応しい綺麗に清掃が行き届いた書斎だったが、微かに血の香りがしていた気がした。

◆◆◆

俺は頭脳労働担当で、荒事には全く向いていない。だから今まで何かから逃げるとき、いつもクスリの力に頼っていた。

素早くなる霊薬とか、見えなくなる霊薬とか、運が良くなる霊薬とか、そういうのだ。霊薬カクテルをキメれば大体なんでもなんとかなる。

普通、霊薬はとても希少で高価で、浴びるように飲んでドーピングはできない。飲むと体がポカポカするだけの「それ酒飲めばいいじゃん」みたいなショボくれた粗悪品霊薬ですら都市の専門店でもなければ取り扱っていない。

　だが俺は自分で霊薬を調合できるからかなり好き勝手やっていた。自家生産っててつよい。

　今回のイアエ公爵家脱走計画でも霊薬が必要になる。正面から逃げても屋敷を警備している人たちにとっつかまって終了だ。工夫しなければならない。

　ウルお嬢様に霊薬調合のための密室が欲しいと頼むと、以前客人の魔法使いが逗留していたという部屋を空けてくれた。

　こうやって良くしてくれる理由は相変わらずわからんが、齧《かじ》れるスネは齧っておこう。

　ウルお嬢様は部屋の前で俺に鍵を渡しながら注意事項を伝えた。

「埃《ほこり》っぽいと思いますので、まずは掃除を。掃除奴隷に手伝ってもらっても大丈夫ですよ。それと、部屋の壁や床も……ええっと、汚れているので。それも掃除したほうがよろしいかと」

「？　はい」

　奥歯に物が挟まったような言い方に首を傾げるが、部屋の扉を開けて中を見るとすぐに理由がわかった。

　板を打ち付け窓が塞がれた小部屋に光が差し込み、埃が舞い上がってひんやりしたカビっぽい臭いが鼻をつく。そして壁と床にびっしりと殴り書きされた奇怪な単語の羅列や不気味な絵、歪んだ数式が露わになった。

　なんぞこれ。こわっ！　精神病棟にこういうのありそう。

「これはまた……心を病んだ人でも住んでました？」

「そういうわけでは。いい方だったのですが、その、魔法研究に熱中されていたようで」

かなり言葉を選んだ慎重な返答をありがとう。相当なエキセントリック魔法使いだったっぽいな。

「この部屋は合わなそうですか？　密室でなくていいなら別の部屋を手配しますが」

「いえここで大丈夫です。俺は格安事故物件を丸儲け物件だと思う性質《たち》なんで。前に事故があったからなんだっていうんですかね？」

異常な部屋には確かにビビったし不吉だが、論理的に考えればなんのことはない。不気味な落書きだらけだろうと落書きが攻撃してくるわけもなし。

鶏惨殺事件に続いて起き始めた豚小屋殺戮《さつりく》事件のほうがよっぽど怖いぜ。

この屋敷ではネズミが死んで、鶏が死んで、豚が死に始めた。同一犯だと仮定するなら確実に殺害対象がステップアップしていっている。

次辺りいよいよ人が死に始めるんじゃないかと心配だよ。

その前にさっさと霊薬の準備をしてトンズラするに限る。

「不吉なことがあれば、普通は再び起こるのを恐れるものでは？」

「そんなこと言い出したら犯罪者は何度でも再犯するし、善人は何度でも善行することになるじゃないですか。でも現実はそうじゃない、ということはつまり……ああいや失礼。忘れてください。部屋はありがたく使わせてもらいます」

ウルお嬢様に貴重な講義を拝聴するかのようにじっと見つめられ、なんだか恥ずかしくなって話を終わらせた。人生だの社会の仕組みだのについて語るのは酒の席と結婚式のスピーチだけでいい。素面で演説するもんじゃねぇな。

俺はウルお嬢様に重ねて礼を言って別れ、荷担を呼んで早速荷物の移動をした。

俺の霊薬調合は我流に近い。ハフティーが流れの魔法使いからギャンブルで巻き上げた魔法学の本を参考にでっち上げたガバガバ技術でやっている。

それなのに「不老不死の霊薬」などという実現不可能とされている霊薬の極致を作れてしまったのだから、幼い頃から修行を積んできたちゃんとした霊薬師が聞けば憤死モノだろう。

やはり才能か。

締め切られ薄暗く埃っぽい密室で、俺は眼鏡のレンズ越しに自分の体が纏《まと》っている魔力を視た。

魔力を視るというのはなんとも言い難い奇妙な感覚だ。熱いような香るような痛いような煩いような、とにかく説明が難しい。

たぶん、魔力は本来視覚で捉えられるものではない。

人間が持っている感覚は視覚、聴覚、味覚、触覚、嗅覚の五種類であり、魔力を感じる「魔覚」とも言うべき感覚は備えていない。

目がなければ見えない、魔覚がなければ魔力がわからない。議論の余地すらない当然の話だ。

だが俺は眼鏡という道具を通して無理やり視ている。

音は「聞く」ものだが、音波計を使えば波状図やヘルツの数値で「見る」ことができる。

それと同じで、俺は本来目に見えない魔力を「視て」いるのだ。すごいね、道具って。

自分の体から緩やかに立ち昇っている魔力は質感も色彩も様々で、性質も多種多様。俺はその中から暗くじめじめして薄い魔力を摘まんで引き出した。

「隠れる」という性質を持つ魔力だ。細く柔らかな魔力が千切れないよう慎重に引き出したら、それを瓶に入れる。

次は……そうだな。これにしよう。「気になる」という性質を持つフワフワした魔力を自分の体から引き出し、「隠れる」が入った瓶に追加して蓋を閉じる。

よし。あとはこの瓶を箱に入れて、密室に置いて待って熟成させるだけだ。

霊薬は二種類以上の魔力を混ぜ、誰にも見られていない状態で放置することでできあがる。だから窓のない密室が必要だったのだ。

掃除奴隷が入ってきて見てしまったり、窓の縁にとまった小鳥に見られてしまっただけで調合は失敗する。密室の中で箱に入れておけばまず見られないだろう。

今回は「隠れる」「気になる」の二種類を混ぜたから、この霊薬は「注目されない」霊薬になる。これと同じのを前に作ったときは熟成まで三〇日ぐらいだったかな。一つだけでは心もとないから、あと何種類か調合しておこう。

こうして自分の体から魔力を引き出して調合していると、なんかちょっとキモいなーと思うときもある。自分の血液とか涙を使って薬を調合してるようなものだから。

人が原料でも「乙女の涙」とかなら格好がつくけど、「一般成人男性のエキス」は控え目に言って吐き気がするよね。オエーッ！

しょーもないことを考えながら霊薬作りを終え、箱の中に静置し、しっかり密閉する。これでよし。

この霊薬ができあがり次第脱走だから、それまでに逃走計画を練り上げておかなければ。何しろ屋敷から逃げて終わりではない。

屋敷を脱出したらハフティーを探して困った状況に陥っていないか確かめ。ウルお嬢様が追手を差し向けてきたならそれを避けて。最終的には不老不死の霊薬を配達しなければならない。

道のりは長いぜ。

部屋を出ると、荷担が目と鼻の先に立っていて心臓が口から飛び出しかけた。

「うわっ！　び、びっくりした。どうした？」

「焼き菓子持ってきた。食べるか？」

悪だくみを見咎められたような気まずさは人好きのする荷担の笑顔で溶け去った。

荷担が荷物を運んでいるのを見たことあんまないんだよな。いつも屋敷をふらふらして、俺を休憩に誘ったりこうして差し入れを持ってきてくれたり。

気にかけてくれてるのは嬉しいんだけど、なんで気配消して出待ちしてたんだよ。怖いよ。

「焼き菓子はもらう。それで、あー、一応確かめときたいんだけど、お前俺を監視してるんじゃあないよな……？」

「ははは っ」

恐る恐る尋ねると、荷担は面白そうに笑った。いや否定して？

まさか俺の脱走計画に感づいて嗅ぎまわってるんじゃあないだろうな。

「旨いか？　お嬢様にお出しするヤツを分けてもらってきたんだ」

「ああ、道理で上品な味すると思った」

「茶を飲め。干し葡萄《ぶどう》もあるぞ。晩御飯食べられなくなるから少しだけな」

「お前は俺の父さんか」

荷担は俺が焼き菓子を喰い、茶を飲み、干し葡萄を齧るのをニコニコ見守っている。いや、さすがに荷担が俺を監視しているというのは穿《うが》ち過ぎか。だってコイツ、

「で、ヤオサカはそろそろ気になる女の一人や二人できたか？　ん？」

俺の世話を焼くか恋バナするかしかしねぇもん。女子中学生かお前は。

「だーからそういうのはないんだって。そんなに恋バナしたいなら恋愛小説でも読んでろよ」

「屋敷の女でお前への好感が一番高いのはウルお嬢様だな。今のウルお嬢様のヤオサカへの好感は『気になる人』だ。昼間に近場でデートするぐらいなら付き合ってくれるぞ」

「話聞け」

「でもウルお嬢様は家族にすら一線を引いて接しているから、これ以上仲を深めようと思ったらお嬢様の隠し事を知って核心に迫るしかないな。攻略の鍵はこの隠し事だ。頑張れ」

何を頑張れと？　ウルお嬢様を攻略する気なんてないが？

でも引っかかることを言うじゃないか。隠し事ね。

「別にこれ以上仲良くしようとは思ってないけど、隠し事はちょっと気になるな」

「真夜中にウルお嬢様の寝室に忍び込めば何かある予感がするぞ！」

「ええ……」

ヤバ過ぎ。

うら若き乙女、しかも雇い主にして飼い主の深夜の寝室に奴隷の男が忍び込む？

処刑されに行けってこと？　あの人のいいお嬢様の隠し事とやらには野次馬根性が疼くが、命をかけてまで知りたいとは思わない。

……いや待てよ？　考えてみれば忍び込む必要はないな。ウルの隠し事が何なのか知っていそうな奴が目の前にいるじゃないか。女性の恋愛関係についてだけ異様に詳しい情報通が。

「荷担はお嬢様の隠し事を知ってるんだよな？　ちょっと教えてくれよ」

「だめだ。ヤオサカがお嬢様本人と話して秘密を共有しないと仲が深まらない」

荷担はキッパリ首を横に振った。ケチ！

荷担をおだててみたり宥《なだ》めてみたりしたが口を割らないので、お嬢様の隠し事とやらについて知るのは諦めた。

まあ、人間誰しも秘密がある。俺も初めて酒飲んで寝た日におねしょしたのは誰にも言っていない。隠し事を暴き立てるのヨクナイ。そっとしておこう。

第三話　濡れ衣

霊薬が熟成するまでの三〇日間、俺は逃走計画のブラッシュアップに専念した。

屋敷の住人や使用人の日課を観察してまとめ、一番人目が少ない時間帯を特定。他の奴隷と雑談して屋敷の外の地理情報を収集し地図に起こし、一番安全な逃走経路を割り出す。

ベストな逃走経路がアクシデントで使えなくなったときに備えて第二案・第三案も作っておく。

当日に第三案まで全て使えなかった場合は何かしらの根本的見落としがあったということなので計画延期練り直しだ。そうならないことを祈る。

夕食のパンを服の下に隠して持ち帰り旅の食料にして、シーツを破って縫ったマントに包んでベッドの下に押し込んでおく。

屋敷の警備をしている門兵に愛想良くして差し入れをして好感度を上げておくのも忘れない。

もしかしたら逃走中の俺を発見したときに見逃してくれる可能性がないとも限らないからな。やれることは全てやっておく。

そうして霊薬ができあがり、逃走決行が翌日に迫ったある日、俺はイアエ公爵の私室に呼び出された。

広間と見紛う広さの一室に、俺はなんの説明もされないまま両脇を武装した私兵に固められて入室する。

私兵は腰の剣に手を添えていて、「何かあれば即座に首を刎《は》ねるぞ」と雄弁に語っていた。

胃がキューッとなり、口に酸っぱいものがこみ上げる。これなんの呼び出し？　怖過ぎ。

俺まだ何もしてませんよ？　明日する予定だけど。

娘によく似た鮮やかな赤毛を整髪料で後ろにぴっちり撫でつけ、椅子に腰を落ち着けたイアエ公爵は威厳に溢れている。その口から優しい言葉は出てこなそうだ。

完全武装の私兵に呼び出され、理由も告げられず連行された時点で悪い予感はしていた。が、机越しに冷たい視線を寄こす壮年貴族と相対して「悪い予感」が生易しい感覚だったと悟った。

あの冷酷な目！　人を見る目じゃないし、奴隷を見る目でもない。

風呂場で黒光りする害虫を見つけて殺虫剤を手に取ったときの目だ。

戦慄しながらも平静を装い無垢な正直者の目をする俺に、イアエ公爵は見た目通りの厳格な声で言った。

「何故呼び出されたかわかるか」

「申し訳ありません。見当もつきません」

ハフティーと過ごすうちに身に付けたしおらしい演技がイアエ公爵に刺さったかどうかは読み取れない。

だが両脇を固める私兵の圧は強まった。ひぃ！

「私が公爵様に何か粗相をしてしまったとすれば、故意ではないにせよ私の無知が故でしょう。申し訳ありません」

「奴隷ヤオサカ。お前が我が屋敷を夜な夜なうろつき、邪《よこしま》な企みを働かせていたことは知っている。申し開きはあるか？」

しらばっくれようとしたが、公爵の言葉に刺され素知らぬ顔が崩れる。

ゲエーッ！

バレとるやんけ！　逃走計画バレとるやんけ！　深夜の逃走予行演習バレとるやんけ！

公爵の顔色を窺う。

慈悲の欠片も窺えないヒエッヒエの無表情だった。「申し開きはあるか？」とは言っていたが「たとえ申し開いてもお前の未来は閉じてるけどな」の顔だ。

だめだ～！　もう俺の有罪を確信してる。こりゃ言い訳は逆効果だな。

俺は無実の主張を早々に諦め、情状酌量に縋《すが》る方針に切り替えた。

くそ、奴隷の脱走未遂ってどれぐらいの罰になるんだろう？　法的には奴隷に人権はなく道具と同じ扱いだから、どういう罰を与えるかはその奴隷の所有者による。

ぬぬぬ、良くて鞭打ち、悪くて片足切断ぐらいか？　治癒系の霊薬作っておけば良かった。

「……すみません。あの、ほんの出来心だったんです。誰かを陥れようとか、反逆しようとか、そういう意図はなく」

「認めるのだな？」

「はい……」

「では我が屋敷で動物を殺して回ったかどにより処刑する。罪を認めたこと、人には手を出さなかったこと、以上二点を鑑み残虐刑は取りやめる。ギロチンで速やかに処刑することとする」

「えっ！！！？？？？」

それは知らねぇーッ！

や、やべぇ！　早とちりした！　勘違いで処刑されるッ！

命の危機に頭が回る。血液が回る。かつてない窮地に俺は……

……いや、これぐらいの窮地ならかつてあったな？

ハフティーと出会った荒野では飢えと渇きで意識が飛んで白目を剥いたまま歩いた。

賭けに負けて逆上した悪漢に首の動脈ギリギリを刺されたこともある。

他にもいっぱいある。

なんだ、いつも通りか。ヨシ！

くぐった修羅場が俺に落ち着きをくれる。

俺は公爵の私兵に部屋から引きずり出される前に、素早くこの場を切り抜ける算段を立て、冷静沈着に全力で叫び散らした。

「処刑！！！？？？　なんですか処刑って！　私は何も悪いことしてません！！！！！」

「今自白をしたのにか？」

「そうでした。失礼しました」

まあ今更開き直りは通らない。叫ぶだけ叫んで落ち着いてみせる。

二重人格さながらの豹変《ひょうへん》にも公爵は眉一つ動かさなかったが、両脇の私兵の兜のスリットからドン引き目線を感じた。

奴隷がちょっと情緒不安定になっただけでそんな動揺するなよ。公爵家を護る兵ならもっとシャンとしてくれ。

さて、どうやら相当な無礼を働いてもなお会話に応じてくれそうなので突っ込んだ自己弁護をしていこう。

奴隷は道具と同じ扱いで、人権はない。気まぐれに首を刎ねられても文句は言えない身の上なのだから、こうして呼び出し尋問してくれているのはありがたい。

「嫌疑は理解しましたが、この処罰についてウルファイトゥラお嬢様は御存知なのでしょうか？　私を購入する代金はお嬢様がお出しくださったものと記憶しています。奴隷である私には公爵様の決定に口を挟む権利などございませんが、お嬢様にはあるかと」

まずはここだ。奴隷にも会話による真偽確認という人道的手段を使ってくれるなら、その人道に訴えかける。

ウルお嬢様は俺に相当甘い。彼女が俺の濡れ衣処刑を知れば放っておかない。たすけて！

「そのよく回る口で娘の歓心を買ったのか？　心配せずとも結構。ウルにはお前の口を永遠に閉じてから伝える。衛兵、こいつを、」

「お待ちください！　どうか、今暫く。先ほど罪を認めると言いましたが、アレは動物殺害についてではなく窃盗についてだったのです。私が夜間に屋敷を徘徊していたのは恥ずかしながら厨房でつまみ食いをするためでして、決して公爵様のお膝元で血を流すような真似はしておりません」

我ながらよくこんなスラスラと言い訳が出るものだ。

罪状を小さな罪にすり替えようとしたが、公爵の表情は依然厳しい。

「見苦しいぞ。お前を商《あきな》った商人ベニスが証言している。彼のもとにいた頃、他の奴隷をいたずらに傷つけ、死に至らしめることすらあったというではないか」

「!?」

「お前に言葉巧みに言いくるめられ、傷害と殺害の数々が濡れ衣だと信じ込まされたそうだ。私にお前を売ってしまい、このような悲劇を招いたことを悔いておった」

「そのようなこと、全く身に覚えがありません。誰かと間違えているのでは？」

俺は心から言った。

いや、マジで。寝耳に水過ぎる。

あの商人に売られてから、俺はずっと手枷足枷をつけられていた。誰かを傷付けられるはずがない。

それに俺はずっと一人で孤独に馬車に積まれていて、他の奴隷は一人も、一瞬たりとも、一緒にいなかった。

誤解だ誤解！　誰か別の奴隷と間違えてるだろ！

俺の言葉を聞いた公爵は溜息を吐き、うんざりした様子で手を振った。

すると両脇の私兵が俺の両腕をガッチリ掴み、部屋から引きずり出しにかかる。

ヤバい、ここで部屋から引っ張り出されたら人生終わる！

死力を尽くし顔を真っ赤にして足を踏ん張り儚い抵抗をしていると、誰かが廊下を駆けてくる軽やかな足音がした。

足音は部屋の前で止まり、ノックもなしに扉が勢い良く開かれる。

そんな無礼がまかり通るのはこの屋敷で一人だけだ。

「お父様！　ヤオサカさんの叫び声が聞こえたのですが。何事ですか？　聞き間違いでなければ処刑がどうとか」

「む……」

公爵に負けず劣らず厳しい顔で飛び込んできた愛娘にまくし立てられ、公爵は気まずそうに咳払いをした。

あぶねー間に合った。ナイス時間稼ぎ、俺。古典的な手が通じて良かった。

ウルお嬢様は俺に甘い。公爵はウルお嬢様に甘い。お嬢様に間に立ってもらえば生存確実だ。

すみませんね公爵。俺も死にたくないので娘さんを誑《たぶら》かさせてもらいます。

俺は努めて公爵のほうを見ないようにした。絶対ブチ切れてるもん。怖い。

「ガードナ、シエル。私は『ヤオサカさんは客人として扱うように』と言いましたね？　無礼ですよ。その手を離しなさい」

「は……」

「失礼しました……」

目を吊り上げたウルお嬢様の剣幕に私兵はタジタジだ。二人はちらりと公爵の顔色を窺ったが、大人しく俺の腕を離し後ろに下がった。

お嬢様、つえ〜！　いいぞ、もっと言ってくれ。

「ウル、その奴隷は危険なのだ。お前の純真な思いやりと慈愛をいいことに屋敷で動物を殺して回っていた悪漢だ。離れなさい」

「……誰がそのような根も葉もない流言を？」

「奴隷を商った商人がいただろう。その商人からの確かな話だ。奴隷ヤオサカは生きとし生けるものから命を奪うことを何よりの悦びとする、汚らわしい生まれついての邪悪なのだよ。無害な善人の皮を被った卑劣漢なのだ」

「…………」

「すまないウル。お前が心を痛めるのはわかる。このような話、聞くのも辛かろう。だが事実、屋敷で動物が殺され始めたのはこの奴隷が屋敷に来てからだ。無関係と考えるほうが難しい」

「…………」

ウルお嬢様は俯いて静かになってしまった。

あ、あれ？

なんか旗色悪いな？

ちょ、頼みますよマジで。勘違いなんだって！　俺は無実です！

固唾を呑んでお嬢様の反論を祈っていると、長い沈黙の後に弱々しく言った。

「……それでも、屋敷で許されざる悪徳を働く者の正体がヤオサカさんだという物証はないのでしょう？」

「この奴隷が無実だという物証もない」

「では、こうしましょう。ヤオサカさんには暫くの間、外から鍵をかけた部屋の中で暮らしてもらいます。見張りも立てましょう。それでも殺しが収まらなければヤオサカさんは無実ですし、殺しが収まれば被害の拡大を防げます」

「ウル、その男を傷付けたくないのはわかる。しかしだな」

「お父様。私が必ずお父様を悩ませている罪深い犯人を見つけ出し、然るべき罰を下しますから」

「次に殺されるのは人かも知れんのだ。お前かも知れんのだぞ」

「お父様、どうかお願いします」

ウルお嬢様に深々と頭を下げられ、公爵はなんとも言い難い唸り声を上げしぶしぶ了承の答えを絞り出した。

よ、良かった〜。公爵が娘に弱くて良かった。かなりゴリ押しだったけどセーフ！　生き残った。

ありがとうウルお嬢様！

しおしおのウルお嬢様に手を引かれ部屋を退出する前に好奇心に負け振り返る。

すると公爵は「娘の前でなければお前を挽き肉にしてやるのに」という顔をしていた。

……見なけりゃ良かった。

◆◆◆

俺は心底すまなそうにするお嬢様に何度も謝られながら、霊薬調合に使っていた部屋に監禁されることになった。完全な密室だし、見張りを立てるのにも都合が良かったのだ。

ひとまず一命はとりとめたものの、状況は悪い。こうも疑いをかけられ見張られてしまうと脱走の難易度は跳ね上がる。

ウルお嬢様の取り成しで俺の処刑は一時保留になった。しかし公爵のブチギレぶりを見るに、いつ事故や病気に見せかけて殺されてもおかしくない。

完全に娘をたらし込んで屋敷で好き放題してるカスだと思ってたもん。確かに俺はカスだけど、そこまでじゃねーよ。

「霊薬の調合を許すと何をしでかすかわからないから」という正論過ぎる理由で調薬道具を取り上げられ、俺は密室に一人残される。

こうなってしまっては自分では何もできない。何かが起きて事態が好転するまで天井のシミでも数えようと思ったのだが、どっこいこの部屋は天井どころか壁も床も見ているだけで呪われそうな不気味な殴り書きや奇怪な絵で埋め尽くされている。

こんなの見つめてたら頭がおかしくなってしまう。

暇潰しの道具もなく、やることといえば寝るか、ドアに取り付けられた餌口から差し入れられる飯をできるだけ時間をかけて食うか、おまるに排泄するだけ。つらい。

見張りは交代制で常に厳しく俺を監視していて、たとえウルお嬢様であっても面会は許されない。しかも何を話しかけてもだんまりだから、俺は外で何が起きているのか知る術もない。

ドアの隙間から差し込む頼りない明かりで辛うじて昼夜がわかるぐらいだ。

最初の数日はとにかく眠り、歌ったり思い出に浸ったりして暇を潰していたのだが、すぐに限界がきた。

何もできない、やることがないというのは想像以上の苦痛だった。何かをやらされるのとはまた別種の、経験者にしか理解できないだろう耐えがたい苦しみだ。その苦しみはあれほど小煩かった荷担の恋バナすら恋しくなるほど。

そしてその苦痛から逃れるために、俺は目の前の物に熱中するようになった。

部屋にいれば嫌でも目に入ってくる、奇妙奇天烈なラクガキだ。この窒息するような暇を潰せればなんだっていい。

何日もラクガキと強制的に向き合わされているうちに、なんとなくこれには意味があるのではないかと思うようになってきた。

このラクガキは以前逗留していた魔法使いの研究の産物なのだという。研究に打ち込み過ぎて頭が変になってしまったのだと思っていたが、もしかしたら違うのかも知れない。

「――――よし、まとめよう。この絵は柵に閉じ込められた五本足の怪物じゃなくて、箱に入れられた四本足で尻尾がある動物だ。犬……かな？　とりあえず犬と仮定して」

すっかり多くなった独り言を呟きながら、壁の絵を指先でなぞる。

「隣にぐるぐる渦巻があって、その隣に×印をつけられた犬と、〇印をつけられた犬が半分重なって描かれている。あっちの絵とむこうの絵と比較して考えるに、×は『死んでいる』、〇は『生きている』という意味で使われているはずだ。半分重なっているのは……半分生きてて、半分死んでる？」

薄暗い密室で壁に目を近づけ、絵の下の崩れた文字を読み取る。

「犬のゾンビを意味しているのかとも思ったけど、どうも違うみたいだ。ひどいクセ字だけど、これは『確率』と読める。確率。確率、確率……」

半分生きていて、半分死んでいる犬。確率。

シュレディンガーの猫ならぬ、シュレディンガーの犬……？

量子力学の思考実験で、こういう図解とキーワードで表現されるものがある。猫をモチーフにするのは地球の物理学者が適当に設定しただけだから、世界が違えば別の動物をモチーフにしてもおかしくない。

魔法使いが量子力学を魔法研究に取り入れようとしていた？

この推測は穿ち過ぎだろうか。この世界に量子力学という学問はない。だが「確率」という概念は普通にあるし、魔法学的な試行錯誤の末に似たような思考実験に辿り着くのはありえるか？

シュレディンガーの猫（犬）の思考実験は、要約すると「箱の中に何があるかなんて、箱を空けて中を見ないとわからない」と主張する実験だ。

箱を空けるまで「箱の中に何かある」「箱の中に何もない」、あるいは「箱の中の犬が死んでいる」「箱の中の犬は生きている」という可能性が同時に存在している。箱の中の犬は確率的には半分生きていて、半分死んでいるのだ。

「決定論について考えていたのか？　不確定性原理にまで踏み込んでいたというのはさすがに……いや、他の絵と文字も思考実験を表しているとするならば……」

反対側の壁の△と□を合体させた抽象画に向き直る。

「アレが犬の絵だったのなら、この部屋にラクガキをした人は頭がおかしかったんじゃなくて、単純に絵と文字がクッッッッッソ下手だったんだ。絵心をママのお腹の中に忘れてきたド下手クソ幼稚園児が描いたと想定するなら、これはたぶん……『家』……？　家の屋根が新しい物に交換されている。その次は壁が新しい物に交換されている。その次は床が抜けて……いや、床が新しい物に交換されている。疑問符がついてるな。疑問符だよなこれ？　……これは……うーん……これは、テセウスの舟のパラドクスか？」

テセウスの舟も思考実験の一つだ。要約すると「ある舟の部品を全て新品に取り替えたら、その舟は元の舟と同一といえるのか」という疑問を投げかける実験だ。

この図解では舟ではなく家になっているが、表している内容は同じだと思う。たぶん。

「これを描いた人のクセがわかってきたな。内容もなんとなくわかってきた。目に見えないものや触れられないもの、哲学的？　いや、概念的、形而上学《けいじじょうがく》的な内容を研究してたんだ、これを全部一人で思いついて考えて研究していたとしたら、この人はめっちゃくちゃに頭がいい。狂人と紙一重の天才だ。まあ俺も初めてこの部屋に入ったときは意味なんて何もないただのラクガキだと思ったし……」

現代日本で身に付けた古今東西の知識がなければ意味不明のラクガキのままだっただろう。もしかして俺は退屈のあまり意味のないシミや汚れに意味があると信じたがっているだけなのかも知れない。

だが戯言というにはこの部屋を埋め尽くすラクガキには統一性があり過ぎる。そう思えてならない。

「考えろ。考えろ。考えろ。本当にそうなのか？　仮定に仮定を重ねていけばいつか真実からかけ離れる。どこかで仮定を比較して検証して絞り込んで？　違う、仮定と仮定が矛盾せず並び立つならばむしろ。矛盾か。ああそうか、矛盾なのか？　シュレディンガーの猫も量子論の矛盾を指摘するためのものだったな。矛と盾。似た概念で包含できる一連の図解はないか？　探せ、どこかにあった気がする……」

「……おい、奴隷。ぶつぶつぶつぶつぶつぶつぶつと、昨日からずっと何を言っている？　気は確

「なあ、天井の隅のアレはグルーのパラドックスの言い換えを表していると思うか？　ああ、グルーのパラドックスって言っても通じないか。複数帰納パラドックスのことだ、パラドックスっていうのは、ああそうか！　タイムパラドックス！　そこらじゅうにある砂時計マークはタイムパラドックスのことなのか？　そう考えれば辻褄が合う。そうだ、そうじゃないかか？」

わかってきたぞ！　なあ!?」

「……ああ、井戸の底におわします四柱の神よ。この哀れな気狂いを救いたまえ」

ははっ！

あはははははははははははははははははははははは！

読める。

読めるぞ！

読めるようになってきた!!

すごい！

この絵には全て意味がある！

この小さな部屋には魔法の真理が描かれている！

俺にはわかる！

ああ、なんて素晴らしいんだ！！！！

◆◆◆

壁画の研究に熱中し過ぎて、何日経ったかわからない。

だが、俺は尊敬すべき偉大なる魔法研究者の思索に触れ、理解し、今まで我流のなんとなくでやっていた自分の霊薬調合を確固たる理論に裏打ちされた高度な技術に昇華させることに成功した。

「はははははっ！　やったぞ！　早速試してみよう!!」

愉快で愉快で仕方ない。脳みそは疲れ切っているが、達成感が全身を駆け巡り体は元気だ。

たまらず笑うと、閉ざされた扉の向こうで見張りが小さく飛び上がる音がした。続いて早口に神に祈る震え声が聞こえてくる。

なんかいつの間にか見張りの人が井戸教の神へのお祈りをするようになったんだよな。大丈夫かな？

毎日毎日何時間も見張りにぼーっと突っ立ってさ、大変だよな。心が病んでしまっていないか俺は心配だよ。

しかし話しかけてもお祈りの声が大きくなるだけで答えてはくれないので、密室なのをいいことに早速バージョンアップした新・霊薬調合を試す。

あの眼鏡型クオリア変換機がないと二重クオリアによる形而上成分知覚《まりょく》ができないので精度と効率は落ちるが、まあ簡単な調合ならできるだろう。

理論が理解できればなんのことはない。霊薬の調合に三〇日もかけるなんて馬鹿馬鹿しいの一言だ。こんなもん数秒あればできる。

密室の薄暗がりに一人立ち、目を閉じる。

それから軽く握った両手を横に真っ直ぐ伸ばしてくるくる回り、未来を念じて目を開ける。

すると、手のひらの上に半透明の液体が生じていた。

おおっ！

できた。本当にできた。粗製もいいとこだけど、ちゃんとした霊薬だ！

あとは練習すれば道具なしでもきっとそこそこの物ができるようになる。

よーし。監禁されたときはどうなることかと心配したが、また脱走成功の芽が出てきたぞ。

「へへへっ。成功したってことは、やっぱり俺が組み立てた理論は正しかったんだ。そうだろ？　なあ、見張りの人！」

「ひ、ひぃぃ……！　な、何言ってんのかわかんねぇよ！　何言ってんだ？　何やってんだ？　何日も何日も、ずーーーーっとブツブツ、ガサゴソ、お前っ、お前怖いんだよ！　もう話しかけないでくれ！　頭おかしくなりそうなんだよ、勘弁してくれぇ！」

「あ、そう？　なんかごめんな……じゃあ、わかるようにイチから説明するから聞いてくれよ。わからないから怖いんだ、わかればもう怖くないだろ？　もう嬉しくってさあ、誰でもいいから自慢したい気分なんだ」

俺がウッキウキで言うと、見張りの人は絶望的な悲鳴を上げた。なぜなのか。

うーむ、どうやら俺のことが怖いらしい。

かわいそうに……俺は見張りの人のこと怖くないんだけど。

◆◆◆

俺はできる限り噛み砕いて見張りの人にドア越しの講義をした。

鋼鉄並にハードな霊薬理論をドロドロのお粥並に噛み砕いて説明しているのだが、見張りの人は反応が鈍い。

「――――という理屈が成り立つ。だからもうわかったと思うけど、いわゆる魔力っていうのは形而上成分のことなんだよ」

「なるほど」

「この世界には石とか水とか木とか人間とか、そういう目で見て触れる物があるじゃんか。これが物質。魔法学的分類だと唯物とも言うかな。酸素とか炭素とか水素とか、ザックリ物理化学で習う原子・分子のことだと思ってもらえたらいいんだけど、見張りの人はわかんないだろうし深掘りはしないでおくか。えーと、で、唯物の反対。つまり幸運とか、心とか、愛とか憎しみとか優しさとか。そういう目に見えない触れないものが形而上《けいじじょう》成分ね。わかる？」

「なるほど」

「魔法とか霊薬はこの目に見えない形而上成分を目に見える物質、唯物に変えてるんだ。例えば魔法の火は『熱い』『赤』『まぶしい』とか、そのへんの形而上成分を合成して作る。本物の火そっくりなんだけど、本当の意味では火じゃあない。魔法の火は、というか火だけに限らず魔法によって生成された全てのモノは形而上成分の合成が不完全で、時間が経つとバラバラになる。それで消えるように見える」

「なるほど」

「その点、霊薬は魔法よりちょっと力強く合成されてる。理論上、形而上成分を完璧にビッタリ合成すれば絶対に壊れないし劣化しない完璧な物質ができあがるんだけど、それは本当に完璧にできればの話だから。普通そうならない。でも魔法よりは強めにしっかり合成されてるから、魔法と違って時間経過で消えはしないんだけど、なんか存在感がフワッとした儚げな液体みたいな感じになるワケさ」

「なるほど」

「で、ここからややこしいんだけど。魔法は呪文を唱えて生成する。じゃあ霊薬はどうやって生成しているかっていうと、いわゆるパラドックスの力を借りている。基本的には目を閉じたりして未観測領域を作ることによる形而上学的不確定性原理と、同じ形而上成分を速度の違う慣性系に置くことによる双子のパラドックスの応用と、もちろん言うまでもなくタイムパラドックスと……」

「なるほど」

「……見張りの人、話ついてこれてる?」

「なるほど」

「わかった講義終わり。ごめんな、自己満足トークに付き合わせて」

「なるほど」

いかん。偉大な研究成果を掴み取った興奮で少しおかしくなっていた。

これから霊薬を使って脱走しようってときに、霊薬の秘密をペラペラ見張りに話すなんてどうかしている。落ち着かなければ。

幸い見張りの人は思考停止で俺の蘊蓄《うんちく》を右から左に聞き流していた。聞こえているのと理解して覚えられるのは別の話。今からでもお口にチャックすれば問題あるまい。

卓越した魔法理論で埋め尽くされた薄暗い閉ざされた小部屋で、俺はちゃっちゃか霊薬を調合していく。

自分が持つ形而上成分が視えないまま、自分の形而上成分を調合するというのはなかなかに難しい。なんの食材を使っているのかわからないまま、目を閉じて料理しているようなものだ。

どんな原料を使っているかわからないし、どんな霊薬ができあがるかもわからない。効率も悪く、原料のほとんどが撒《ま》き散らかされて無駄になっている。

ただ、「死」「苦しみ」「衰弱」辺りの形而上成分を合成してしまい、致命的な猛毒の霊薬ができる危険はない。それだけはありえない。

俺は今ここで作った霊薬を全て飲むつもりだ。

そしてここから脱出した後、過去の自分の脱出を助けるために援助を行うと心に決めている。

今やっている道具なし霊薬生成は、未来からの援助があって初めて辛うじて成立するかなり強引なやり方だ。

未来からの援助がなければ、この霊薬の生成は必ず失敗する。

だから霊薬が生成されている時点で、未来から援助されているし、未来から援助されているということは、俺はこの密室からの脱出に成功したということだ。

いつ、どうやって脱出できたのかまではわからないが、とにかく間違いなく脱出には成功する。

もし猛毒の霊薬ができたのなら、作った霊薬を全て飲むと決めている以上、俺はそれを飲む。

猛毒の霊薬を飲めば、俺は死ぬか致命的なダメージを受け、脱出できなくなる。

脱出できなければ、過去の自分へ霊薬生成援助を行うことはできない。

すると未来からの援助がないので猛毒の霊薬の生成は不可能となる。

だから猛毒の霊薬を飲むのはありえない。

タイムパラドックスというヤツだ。

理屈が成り立っているようでいて、根本的に破綻しているようでもある。

時系列や因果関係がループして矛盾を起こしている理解し難い現象だが、だからこそコレはパラドックスなのだ。

霊薬はパラドックスによって生成される。パラドックスが起きているからこそ霊薬は生成されるのである。

自分の体から湧き立つ形而上成分を引き抜いては混ぜ、調合し、霊薬に変えて飲む。

霊薬の効果は正に千変万化だ。俺は霊薬を飲むたびに体がふにゃふにゃになったり、視界が白黒になったり、脇毛がものすごくムズムズしたり、生肉を食べたくなったりした。

数十回に及ぶ霊薬暴飲によって俺は爽やかな森の香りがする直立三足歩行の猫人間になったが、その次に飲んだ霊薬の効果で全ての霊薬効果が消滅して元に戻り、さらにその次に飲んだ霊薬効果で「壁をすり抜ける」ようになった。

きたッ……！　やっとまともな薬効を引き当てた。

部屋の扉の隙間から差し込む明かりは日光ではなくゆらゆら揺れるロウソクのもので、時刻が夜間であることを示している。

よーし、時間帯も丁度いい。脱走にうってつけの霊薬効果を引いたし霊薬ガチャはここまでとしよう。

こんな屋敷にいられるか！　俺は脱走するぞ！

屋敷の外壁に面した窓の横の壁を顔だけすり抜けさせて様子を窺うと、ただただ暗い闇夜が冷え冷えと広がっていた。屋敷をぐるりと囲う塀に沿ってぽつぽつといる立哨《りっしょう》が掲げるランタンの頼りない灯りがかえって夜の暗さを強調しているようだ。

七年前を境に夜空の星は全て消えた。星の煌めきはなく、月の光もない。俺はこの世界の夜空に星があった時代を知らないが、夜が暗いのは脱走者にとって福音だ。

俺は立哨の立ち位置だけ覚え、一度顔を引っ込めた。脱走する前に不老不死の霊薬を回収していかないと。お届け先には配達遅延で大変お待たせしてしまっている。さっさと旅を再開したい。

三つ隣の部屋まで壁をすり抜けて移動し、監禁部屋の前に立つ見張りの人の死角から廊下に出る。そして抜き足差し足忍び足、バッタリ人に鉢合わせないよう警戒しながらウルお嬢様の部屋を目指した。

不老不死の薬が今どこにあるかはわからない。

連続殺害事件容疑者が持っていた証拠品として押収され守衛室辺りに置いてあるのか、倉庫にでも投げ込まれているか、荷担とのシェアルームに戻されたのか。売り払われてはいないと信じたいが、それも定かではない。

だがウルお嬢様なら行方を知っているはず。そもそも小太り商人から俺の私物を買い戻してくれたのは彼女だ。俺だけではなく俺の持ち物にまで気を配ってくれている。

脱走している俺と会っても騒いだりしないだろうし、不老不死の霊薬の保管場所を聞きに行って損はない。

まあ本人の言葉によれば「理由も言わず奴隷ヤオサカをここに閉じ込める悪い女」らしいが、そういう自虐をする人は大体いい人だから。

謂《いわ》れのない容疑で処刑されそうになっているこの状況なら、きっと俺の脱走を見て見ぬフリしてくれるだろう。

さて、あれこれ考えているうちに無事ウルお嬢様の部屋の前に到着する。

貴人の寝室に相応しい凝った装飾が施された扉にはしっかり鍵がかかっていたが、壁をすり抜ける今の俺にそんな防犯は無意味だ。一応音を消しながらするっと部屋に侵入する。

こんばんは、おやすみ中すみませ……あれ、起きてるな？

贅を尽くした広々とした寝室の隅の、化粧机の横の洗面台に、まるで幽霊のようにウルお嬢様は佇んでいた。

薄布を被せて光量を絞ったカンテラの灯りの下で、お嬢様は手を洗っている。

真紅の鮮血がべっとりとついた、手を洗っている。

足元に転がる人がちょうど一人ぐらい入りそうな大きさのズタ袋からはじんわりと血が滲《にじ》み、部屋中にむせかえるような血の臭いが充満していた。

わ、わあ……まるで夜な夜な屋敷でコッソリ殺しをしている連続殺害犯みたいだぁ。

でもまだわからない。夜中にトイレに起きたときに転んでしまって手をザックリ切って、血で汚れたシーツをズタ袋に押し込んでから今包帯を巻く前にいったん手を洗っているだけかも知れないしな。

「よ」

「！」

何やら忙しそうだが、俺にも用事がある。「夜遅くにすみませんお嬢様」の喋り出しの一文字目を発した瞬間、お嬢様は超反応で振り返った。

いや振り返るどころではない。野生の獣もかくやという俊敏さで視界から消え、次の瞬間には鋭利なナイフを俺の瞼に触れる寸前でピタリと止めたお嬢様の姿があった。

衝撃波じみた突風が遅れて吹き荒れ、全身からドッと冷や汗が噴き出す。

完全に瞳孔が開き切ったお嬢様の寒気がするほど美しい顔に至近距離で見つめられ、俺は腰を抜かしてへたり込んだ。

「!? ヤ、ヤオサカさん? どうして、いえ、これは、ちがっ、そんなつもりじゃ……!」

一拍遅れて俺が誰か認識したらしいウルお嬢様は、途端にひどくうろたえた。

ナイフを取り落とし、震える手を俺に伸ばし、彷徨《さまよ》わせて引っ込めて。

しまいには俺と同じようにへなへなと萎れその場に崩れ落ちて涙をこぼし始めた。

ありゃ、泣いちゃった。

えー、なんだろうこれ。ちょっと状況がよくわからないですね。

何これ? なんか殺されかけた気がするし、いったん説明が欲しい。

「どしたん? 話聞こうか?」

優しく声をかけると、お嬢様のすすり泣きが大きくなる。

これは困ったことになった。

途方に暮れる俺は、遅ればせながら「真夜中にウルお嬢様の寝室に忍び込めば何かある予感がする」という荷担の言葉を思い出した。

何かあり過ぎだろ!

暫く身も世もなく泣き崩れていたウルお嬢様だったが、体の水分が全部出てしまったのではないかというぐらい泣いたら落ち着いたらしく、真っ赤に泣き腫らした目で俺を見て深々と頭を下げた。

「ヤオサカさん、申し訳ありませんでした。もう察しがついているかと思いますが……」

「いやすみません、全然察せてないです。つまりどういうことなんでしょうか」

状況証拠的には、連続殺害犯お嬢様が証拠隠滅現場を目撃した俺を殺そうとしたように見える。

だが、俺は殺されていない。ギリギリでナイフは止まった。

なんで？

お嬢様はやっぱり手をザックリ切っちゃっただけで連続殺害犯とは無関係で、卑劣な男が深夜に夜這《よば》いをかけてきたと勘違いして息の根を止めようとしたとか？　ありそう。

「つまり、私はこの屋敷でずっと……こ、殺しをっ、し、していた女で」

予想に反し、お嬢様は罪悪感に殺されそうな震えた声で懺悔《ざんげ》をした。

違ったわ。夜中に手を切っちゃったうっかりお嬢様なんていなかった。普通に殺人鬼だった。

でも俺のことは殺さないでくれたんだよな。何か深い理由があって仕方なく殺しに手を染めているると見た。

「なぜ殺しを？」

「……ヤオサカさんはどうしてそんなに落ち着いているのですか？　たった今、殺されかけたのに」

「いやなんでだろうなって思って」

自分が殺されかけた理由が気になるのはそんなにおかしなことだろうか。

首を傾げる俺を見てウルお嬢様も首を傾げ、少し困惑しながらおずおずと言った。

「えっと、では、最初からお話ししたほうが？」

「お願いします」

お嬢様は腰を抜かしっぱなしで足がしなしなの俺が椅子に座るのを介護してくれてから、うつむきがちに事のあらましを語り出した。

「物心がついたときから、私はどうしようもなく人殺しに心惹《ひ》かれていました。母を殺して生まれた私は、井戸の神にそういう者と定められていたのかも知れません。私には殺し方がわかりました。誰にも教わらなくても、命をどうすればどう断てるのかがわかるんです」

「へぇ？　特殊能力じゃん。すごいな」

楚々とした見た目からは想像もつかない隠された能力に興味がそそられる。

戦士が生涯を死闘に費やしてようやく身に付けるような眼力を生まれつき持ってたってことだろ？　選ばれし者だ。すげぇ！

「すごい、ですか……？　ヤオサカさんはやっぱり変わっておられますね。しかし父はそう思ってませんでした。父は弱きを助け、命を慈しむ、常に公平公正であろうとする善き人です。悪を、不徳を、邪悪を嫌悪しています。誓って言いますが、私は父を尊敬しています。私は父のように善き人であろうとしました。父の期待する娘であろうとしました。ずっと、ずっと。

自惚れでなければ、長い間、私は公爵家に相応しい良い娘であれたと思います」

「じゃ、ずっと殺しまくりたいの我慢して良い人ぶってたのか。しんどくなかった？」

「そう、ですね。しんどい。そうだったのでしょう。殺しはいけないことだとずっと自分を騙していましたが、だんだん騙し切れなくなっていきました。あんなに簡単に殺せるのに、我慢するのが苦しくて、苦しくて。父を絞め殺す妄想に駆られたことすらあるんです。最悪なのは、その妄想がとても甘美で、喜びに満ちていたこと。人を殺せば私は笑うでしょう。なんておぞましい……！　私は衝動に逆らえませんでした。しかし人を殺すだなんてできません。だから、最初は『穀物を食い荒らし病気を振りまく害獣だから』と自分に言い訳をして、ネズミを殺していました。人ではないけれど、命を奪う喜びが、私の殺人衝動をほんのひととき鎮めてくれた……」

　そこでウルお嬢様は言葉を切り、思い出に浸った。「命を奪う喜び」とやらを思い出しているらしいお嬢様の顔はとても穏やかで喜びに満ち足りていて、状況が違えばお花畑でお昼寝をしているのかと思うぐらいだ。

　荷担に教わった倉庫のサボり場を思い出す。確かに鼠の死体がよく転がっていた。

　本当に殺しが好きなんだな。変わった性癖をしていらっしゃる。

「でも、やはり相手がなんであろうと殺しは心の枷を外します。もしかしたら、幼い頃に庭師の害虫駆除を手伝ったときにもう枷は外れていたのかも知れませんが。何にせよ私はすぐにネズミでは物足りなくなりました。必死に自制を働かせましたが、気付けば鶏を殺していた。私は恐怖しました。ネズミで、鶏で、こんなに楽しいなら。人を殺せばどんなに楽しいのかと想像してしまう自分が恐ろしかった。私は何度も父に罪を告白しようとしました。嘘ではありません、取り返しのつかない一線を越えてしまう前に、然るべき罰を下してもらおうと。でもできなかった。私を信じ切った父を失望させるなんて、とてもできませんでした」

「そして今夜、一人の使用人がこの寝室を訪ねてきました。彼は言いました。『殺しの証拠を握っている』と。『バラされたくなければ、今夜のことは誰にも言うな』と。そして彼は私を押し倒しました。手足を押さえ、服を無理やり脱がそうとしました。

私も女ですから、異様に興奮した男性の方にあのような扱いをされれば、何をされようとしているのかわかります。

私は抵抗しました。

そして誘惑に負けた。

これは襲われて、抵抗した結果なのだから仕方ないと。

自分の身を守るためだから仕方ないと。

そうして自分に言い訳して、私は最後の一線を越えてしまった……」

俺とお嬢様はちょうど人が一人入るぐらいの大きさの、洗面台の下に転がった血の滲むズタ袋を見た。

「悲しくはありませんでした。苦しくもなかった。恐怖すらなかった。

自分の手で人を殺し、生まれて初めて全てが満ち足りてしまった、その自分のどうしようもなく醜悪な本性が悲しくて、苦しくて。恐怖がないのが恐ろしかったのです。

私はいい人でいたかった。ずっとずっと、ずーっといい人でいようとした。いい貴族、いい娘でいようとしました。でも、結局のところ私は「こう」でした。どこまでも自分本位な殺人鬼。

私は昂揚《こうよう》していました。もう終わりなのだと自暴自棄にもなっていた。だから背後から人の声がしたとき、一人も二人も同じだと思って、私はナイフを握ったのです。白状しましょう、ヤオサカさんだと気付いてナイフを止められたのは奇跡です。

……話は終わりです。私も、終わりです。

せめてどうか、ヤオサカさんが私を終わらせてください。私がこれ以上人を殺してしまう前に」

そう言って、イアエ公爵令嬢ウルファイトゥラ・ジナジュラ・イアエは俺にナイフを握らせ、刃を自分の首元に導いた。

ええ？　なに？　今度は何？　これは何？

「あの、これは？」

話に引き込まれ聞き入っていたのに、いきなり物騒なモノを握らされて困惑する。

尋ねると、お嬢様は俺に懇願した。

「自分では怖くて死ねないのです。お願いです。今このときを逃せばきっと私は醜く生きあがいて、悪魔になってしまう。魔王軍に下って殺戮を愉しむ怪物になるかも知れません。生きとし生けるものを無差別に殺し回る化け物になるかも知れません。だから、だからどうか、これは人を殺すのではなく、人を助けるのだと思ってください」

そう言ってウルお嬢様は目を閉じ、静かに待った。

キス待ちみたいな顔をしておいて、デス待ちだった。

俺は彼女の独白と覚悟を聞いて、素直に思った。

いろいろ大変だったんだなあ。

でも別に死ぬ必要なくない？

一人で悩み過ぎて視野が狭くなっておられるぞ。

「ウルお嬢様は人殺しが好きなんですよね」

「はい。ですから、」

「好きなものがあるっていいことですよ。しかもお嬢様、人殺し得意なんですよね。好きなものと得意なものが一致してるって素晴らしいことです。天職ですよ」

「…………？」

お嬢様は目を開け瞬かせた。

言葉が足りなかったようなので丁寧に所見を述べる。

「殺人衝動を我慢する必要なんてありません。ばんばん殺しましょうよ。死ぬ必要なんてどこにもない。特技を活かして楽しく生きましょう。ただ、無差別に殺して回ると逮捕されるんで、殺していい賞金首専門の賞金稼ぎになるとか、処刑人になるとか。大義名分を掲げて人殺しができる職業に就くのは必須ですかね。あっ、それこそ魔王戦線の最前線とかきっと殺し放題ですよ！　人類を守るために敵を駆逐するわけですからね。向いてるんじゃないですか？　えーと、つまり。人を殺して楽しく生きましょう！」

「え」

ウルお嬢様は予想外の方向からぶん殴られたような表情で口を半開きにした。

どうですかね。名案だと思うんですが。

「それは。で、でも。人殺しは悪いことで、人殺しが好きな私は、」

「別に醜くないと思いますよ。たまたまそういう性癖で生まれただけじゃないですか」

たまたま「人殺しが好き」って性癖を持って生まれた奴はツバを吐かれてのけ者。

たまたま「人助けが好き」って性癖を持って生まれた奴は褒めそやされて人気者。

理屈はわかる。「人殺しが好き」だなんて言われたらちょっと怖いもんな。

でもあまりに悲しい。人は生まれも性癖も選べない、どんな性癖を持って生まれるかなんて単なる偶然で単なる運だ。運悪く人殺しが好きな奴が醜くて悪いというのなら、サイコロ振って6が出たら有罪！　なんていう暴論がまかり通るぞ。狂ってるよ。

ウルお嬢様は暫く俺の言葉を噛みしめているようだった。

人生終わったと言わんばかりにジメジメしていた辛気臭い雰囲気が薄れていき、上目遣いにおずおずと聞いてくる。

「でも、私は責任ある公爵令嬢です。それを投げ出して別の生き方をするなんて」

「投げ出しましょう。大丈夫です。なんとかなります。ウルお嬢様は今まで一生懸命いい人な生き方してきたじゃないですか。なら、これから悪い生き方したっていいですよ」

「本当にいいのでしょうか……」

「本当にいいです。大丈夫！　自分の性癖に誇りをもって、堂々と生きましょうよ。そっちのが絶対楽しいですって」

「……では、どうか言ってください。私は私のままでいいと。人殺しが好きな、どうしようもなく醜い私でもいいと、言ってください」

「だから醜くないですって。好きなことして生きていきましょう。俺も手伝うんで」

それは泥に沈んでいた睡蓮の蕾《つぼみ》が水面から顔を出し、美しい花を咲かせるようだった。

儚くたおやかな深窓の令嬢といった風だったウルお嬢様の雰囲気が明らかに様変わりする。力強く、自負と自信に輝いて。同じ人なのに別人のように、ウルお嬢様は力強く立ち上がった。

だが、何を思ったのかウルお嬢様は椅子にへちゃっと座っている俺の前に跪《ひざまず》いた。

俺の手をとり、大切そうに手の甲に額をつけて何事か念じたウルお嬢様は、顔を上げるや得心した様子で言った。

「ああ、今はっきりわかりました。きっと彼女もこんな気持ちだったのですね。ヤオサカさん、あなたはここにいてはいけません。ハフティーにはヤオサカさんが必要です」

◆◆◆

「あれ？　俺、ハフティーの話したことありましたっけ？」

お嬢様の口から急に飛び出してきた親友の名前に驚く。

別に名前を出さないように気を付けてもいなかったが、ハフティーの話をするほど仲良く談笑した記憶もない。

驚く俺にウルお嬢様は微笑んだ。

「私とハフティーは古い友人です。七歳のハフティーが御両親を賭けた闘鶏に負けたとき、売りに出されたお二人を引き取ったのが当家でした」

「あ、それ聞いたことある。貴族の家に両親を取り返す賭けを持ちかけたら、両親に拒否られて一人旅を始めたとかなんとか」

「そうですね。『拒否された』というのはかなり穏便な表現ですが。私はそのときからずっと彼女と文通をしています。御両親が病死なさった後もです。ハフティーは私の本性を一目で見抜いて知っていますから、時々訪ねてくれる彼女と本音で話すお茶会には随分心慰められたものです」

ウルお嬢様は語りながら寝室のクローゼットを開き、服を見繕い始めた。

「ヤオサカさんのお話もハフティーから聞きました。手紙で読んだハフティーのあなたの気に入りようといったら大変なものでしたよ。二人旅が楽しくて仕方ないようで、ヤオサカさんと会ってから一度も私を訪ねてくれなかったほどです」

「ああ、ハフティーは確かにそういうとこある」

あっちこっちに謎の人脈を持つが、驚くほど薄情に関係を断ち切ったり、無慈悲に利用したりする。奴は正真正銘のカスだからな。

お嬢様は見繕った服と下着をまとめて畳み、大きなトランクケースに詰めながら続ける。

「この七年は文通だけでしたが、『ヤオサカを預かってほしい』と頼まれ私は二つ返事で了承しました。話に聞くヤオサカさんとお会いしてみたかったですし、珍しく金銭や紹介状の無心ではない頼み事でしたからね。

危険な旅に出るから彼は同行させられない、世界の終わりがくるその日まで、魔王の脅威から一番遠いこの街で、安全に匿っていてほしいと真摯に綴っていました」

「なんだそういうこと？　水臭いな。ハフティーが俺を取り返しに来ないなんて変だと思ってたんだよなあ……ところでお嬢様はさっきから何してるんですか？」

「出立の準備ですが」

「あれ、お嬢様も旅に出るんですか？」

「何を他人事のように言っているんです。ヤオサカさんをハフティーのもとへ届けに行くんですよ。少し失礼」

お嬢様は断りを入れ、部屋の扉を開けて突風とともに姿を消し、超スピードで堅パンとブラッドソーセージひと巻、油瓶に砂鉄壺を抱え持って戻ってきた。

はっっっや！

今の数秒で厨房から食料持ってきたんですか？　どういう身体能力してるんだ。

「もうこの屋敷に戻るつもりはありません。公爵令嬢の名も立場も捨てますから、ヤオサカさんも私に敬語を使わなくて結構ですよ」

「あ、そう？　じゃあウルも俺のことヤオサカって呼び捨てていいよ」

「え。それは……ハフティーに怒られそうですね」

「なんで？　親友の友達なんだから呼び捨て普通じゃないか」

不思議に思って聞くとウルは返事に窮しモジモジしたが、かなり勇気を振り絞った様子で言った。

「では、ヤオサカと」

「あいよ。改めてよろしく、ウル」

「はい！」

ウルは花咲くように笑い、ウキウキと旅の準備を進めた。

第四話　旅の仲間

　トランクケースにナイフと砥石《といし》を革に包んで入れて、ずっしり重い貨幣箱をダイヤモンド瓶の隣に押し込み、インク壺とペンは悩んだものの入れずに脇に置く。

　一人旅を覚悟していたが、図らずも旅の仲間ができた。俺は頭脳派だから、肉体派が同行してくれるのは素直に心強い。やったぜ。

　ウルは最後に寝室の鍵付き道具箱に入っていた俺の霊薬調合道具一式と不老不死の霊薬、その他雑多な霊薬をいっしょくたにトランクにねじ込み、中に押し込んでバチリとロックをかけた。

「準備できました。この屋敷で何かやり残したことはありませんか？」

「んー、まあ、ないかな」

　椅子から立ち上がって軽く体操する。快調だ。

　ウルに殺されかけ腰を抜かしてから足に力が入らなくなっていたが、長話の間に回復していた。

「では、朝になる前に行きましょう。私がいれば怪しまれず出られます」

　俺たちは頷き合って部屋を出た。

　途端に、横から声をかけられ飛び上がった。

「良かったなヤオサカ」

「！！？？」

ものすごい遠心力で視界がぐるりと回ったかと思うと、俺はウルの背中を見ていた。超反応で腕を掴んで引っ張られ背中に庇われたらしい。た、頼もし過ぎるボディガード……！

「何用ですか。こんな夜更けに私の寝室の前でいったい何を？」

「これでお嬢様の好感は上限を振りきった。もういつでも結婚できるぞ」

「あ、コイツは大丈夫」

ウルの背中で声の主の姿は見えなかったが、雄弁過ぎる言葉で誰かわかった。

鋭く警戒するウルの肩を叩き、俺が前に出る。

恋愛のバケモン、荷担は当たり前の顔をして続けた。

「結婚するなら永遠の愛の誓いの証人になるから、いつでも声をかけてくれ。しないならそれもまた良し。女を惚れさせたからといって結婚する義務はないからな。ゆっくり自分に一番合う女を探せばいい……でも浮気、不倫はぶちのめす。汝、姦淫するべからずだ。純愛しろよ、ヤオサカ！」

「あー、いろいろ言いたいことあるけど、いったん待て。お前から見てウルは俺に惚れてるように見えるのか？」

「惚れている。惚れているように見える見えないではなく、これは事実だ」

恋愛有識者があまりにもキッパリ断言するものだから、俺はついウルの顔色を窺った。

そんなまさか。ねぇ？

ウルは荷担のトチ狂った恋愛語りに目を白黒させていたが、俺に見られていることに気付くと頬を赤くしてさっと顔を逸らした。

えっ。

え？　そんなことある？

ちょっと人生相談に乗っただけで？　惚れっぽ過ぎない？

こんなんで惚れられるなら二、三十人に惚れられてるが？

俺はニヤニヤしている荷担とオロオロしているウルを見比べ、恐る恐る聞いた。

「あのー、つかぬことをお聞きしますが」

「は、はいっ……！」

「俺、ハフティーに『ヤオサカは恋愛向いてないから絶対するな、するならまず私に相談しろ』って言われてるんだけど」

「……でしょうね」

「ハフティーいないから、失礼かも知れないけど、直で聞きたい。俺ほんとに鈍くて、こういうの聞かないとわからないからさあ」

「はい……」

「ウル、俺が好きなのか？　恋愛的な意味で」

「…………………………………………………………………………いいえ」

「惚れてねーじゃねぇかおい、荷担！　バカッ！　これから一緒に旅するのに気まずくさせんなよ、まったくさあ」

はー、ドキドキして損した。いい加減なこと言うなよな。ウルも困ってるだろ。

「まあでも、お前らしい冗談だったよ。最後に聞けて良かった。達者でな、荷担。実は俺たち、今からここを出るんだ。せめて朝まではここで会ったことを誰にも言わないでいてくれると助かる」

「ああわかった」

素直に頷いた荷担に手を振って別れを告げ、俺たちは屋敷を出る。

この屋敷ではいろいろあった。

しかし、最後は不老不死の薬を配達する旅に無事戻れた。

結果良ければ全て良しだ。なんだかんだ霊薬調合技術は飛躍的に向上したし、旅の仲間も増えたし、ハフティーの思惑だってわかった。悪くない日々だった。

奴隷として過ごした日々を思い返しながら広い庭を渡り、ウルの先導で正門の前まで来たところで、俺は我慢できずに振り返った。

「おい、なんでついてくる？」

定位置みたいな顔をして俺たちの後ろをひょこひょこついてきていた荷担は、後ろを振り返り、誰もいないのを確かめてからキョトンとして自分を指さした。

そうだよ、お前だよ！

「旅に出るんだよな。それなら荷物持ちが必要だろ？　荷担の出番だ」

「そうか……？」

俺は箸より重いものを持ったことがなさそうな細腕なのに、象でも持てそうなウルを見た。かなりの重量があるだろうトランクケースを平然と持ってるし、荷物持ちはいらないよな。脱走奴隷になるがいいのか？　とか、旅の準備したのか？　とか、本当によく考えて決断したのか？　とか、山のように言いたいことはある。

が、同行してもらう理由もなければ拒否する理由もないので護衛にお伺いを立てる。

「ウル、どうする？　連れてっていいか？」

「彼はお父様の奴隷なのでなんとも……失礼ですが、お名前は？」

「名前はない。荷担と呼んでくれればいい。ヤオサカが嫌と言ってもついていくぞ。ヤオサカが結婚して子供作って子孫が繁栄するところを見たいんだ」

「そ、そうですか」

とんでもねぇことを言い出す荷担に、ウルは引き攣《つ》った愛想笑いを浮かべ一歩下がりながら答えた。

わかる。俺は今までいろんな厄介性癖を抱えて生きてる奴らを見てきたけど、荷担ほど尖った奴は珍しい。

ウルは声を潜めて俺に耳打ちする。

「信用できるのですか？」

「正直よくわからん。でも無害だ」

キスしないと出られない部屋とか作って閉じ込めてきそうな謎の脅威は感じるが、誰かを傷つけたり裏切ったりはしないという確信もある。

ウルは判断に困った様子だったが、最終的には頷いた。

「私が守れるのはヤオサカだけです。あなたのことまでは手が回りません。それでも良ければ、同行して構いません」

「ああ、こっちのことは気にするな。二人っきりの旅だと思ってよろしくにゃんにゃんしてくれ」

「しません」

仲間に加わった荷担はまるで数十年来の付き合いみたいな距離感で俺の隣に並んだ。

これからの旅に何が待ち受けているのかわからないが、少なくとも退屈な旅になる可能性はゼロになったな。いいことだと思っておこう。

旅の仲間が増えたところで、ウルが正門で直立不動の警備体制を敷いている門兵に歩み寄った。門兵は小さくしかし丁寧に会釈する。

「お嬢様。こんな夜更けになんの御用でしょう」

「火急の用です。少々出かけますので門を開けてください」

「それは……お嬢様の御下命とあれば、もちろん。ですが少々お待ちください。今護衛の者を呼びますので」

「不要です。開けてください」

「しかし……いえ、承知しました。その二人は？」

「供の者です。詮索は不要ですよ。それと、他言無用です」

「失礼致しました。どうかお気をつけて」

かなり不審な指示だったが、門番は問答を呑み込み門を開けて俺たちを外に出してくれた。しかも見送りの敬礼付きだ。

お嬢様の鶴の一声、つえ〜！　柔らかい声色だったのに圧がある。これが上に立つ者として生まれ育ったがゆえのカリスマか。

とはいえ、朝になれば公爵が起きてきて、すぐに夜の間に起きた脱走劇を知るだろう。公爵令嬢がどう言いつくろっても公爵本人の指揮命令権で捕縛指令が出れば敵わない。

事件発覚前に可能な限り距離を稼ぎたいところだ。

こちらへ、と言って早足に石畳を行くウルに暫くついていく。

人類屈指の大都市、世界の中心、井戸教の聖都ケンテレトネクといっても夜半過ぎのこの時間帯は静かなものだ。通りに沿って立ち並ぶ飲み屋の灯りも落ち、魔法の街灯がぽつぽつと立っているもののそれに照らされる人影は俺たちしかいない。

見知った夜の街をウルは迷いなく進んでいったが、途中の十字路でふいに立ち止まった。

トランクケースを荷担に預け、通りの先を指さして言う。

「この大通りを真っ直ぐ進めば北門があります。そこで落ち合いましょう。私は少し寄る場所があるので一度離れます」

「なんだ、忘れ物か？」

「そのようなものです。私が離れている間に危険な状況になったら、大声をあげてくださいね。すぐに駆け付けます」

そう言ってウルは俺の服の襟を整え、心配そうに髪を撫でつけてから疾風の如く街の暗がりに消えていった。

取り残された俺たちは顔を見合わせ、どちらからともなく言われた通りにコソコソ北門を目指して歩き出す。

こんな夜中にどこへ寄るというのか。

気になるが、今は長々問答している暇はない。

これから一緒に旅をする中で、いくらでもゆっくり話す時間はあるだろう……

◆◆◆

ウルファイトゥラ・ジナジュラ・イアエは、奴隷商人ベニスの首を締めあげ宙づりにしていた。

己の本性に素直になると決めたウルファイトゥラは、貴族の令嬢らしいか弱い乙女のフリをするのをやめている。だから商館の扉をそっともぎ取って侵入し、二階の住居スペースを襲撃するのにも躊躇いはなかった。

ベニスの寝室には護衛らしい足首に鎖のついた奴隷が三人いたが、ベニスが命令を下す間もなく宙吊りにされ喋れなくなったので、生気のない死んだ目で静かに棒立ちしている。

ウルファイトゥラはなんとか逃れようともがくベニスに、街角で会った知り合いと雑談するような穏やかさで話しかけた。

「奴隷商人、ベニス。あなたはハフティーと取引をしたはずです。一芝居打ってヤオサカに『これは仕方のないことだ』と納得させ、自然な形でイアエ公爵家に送り届けると。

事前の取り決めより遥かに高い値段で当家に彼を売りつけたのは、良しとしましょう。あなたも商人ですからね。商談の一つであったと見逃しましょう。

ですが、ヤオサカを殺そうとしたのは見逃せません。あなたの証言によってヤオサカに連続殺害事件の濡れ衣が着せられた後、私は何か裏があると考え調べました。ヤオサカはあなたが何か勘違いをしているのだと極めて好意的に解釈していましたが、とてもそうは思えなかったので」

ウルファイトゥラは淡々と語る。顔を真っ赤にして暴れていたベニスがぐったりとして青くなり始めたが、力は緩めない。ウルファイトゥラの殺人への嗅覚がこのまま絞めていてもギリギリ死にはしないと言っている。

「私はハフティーのようにうまくやれませんから、どれだけ調べてもあなたが何か策謀を巡らせているということしかわかりませんでした。だから、旅に出る前に聞いておきたいのです。

私の言っていることは理解できましたね？

なぜ、ヤオサカを殺そうとしたのですか？」

問うと、ベニスは弱々しく首を叩いた。

ウルファイトゥラが力を緩めてやると、ベニスは激しく咳き込み喘《あえ》ぐ。

「なぜですか？」

「こ、こいつを始末しろ！」

主人の金切り声を聞き、壁際の奴隷が動き出す。

その動きを背中に感じたウルファイトゥラは、右手の五指を真っ直ぐ伸ばして揃え、手刀の形をつくった。

振り返りざまに無造作に、目にもとまらぬ神速で右の手刀を振る。

すると、奴隷三人の首が一瞬で飛んだ。

絶句するベニスにウルファイトゥラは三度問う。

「なぜですか？」

虫も殺せなそうな華奢《きゃしゃ》で可憐な公爵令嬢に異様な圧をかけられ、ベニスは震えあがった。

商人の腹に押しとどめられていた恐怖は決壊し、たまらず口から噴き出す。

「と、取引をしたんだ！　魔王軍と！　あれは先月の終わりだった、ヤオサカを始末して遺品を回収すれば、高待遇で迎え入れると言われた！　知っているだろう、人間は開戦してからずっと惨敗続きだ、勝てるわけがない！　世界の果てから追い立てられて、滅ぼされるんだ！

だから魔王軍についたんだ、勝ち馬に乗って何が悪い!?　乗らない奴が馬鹿なんだ！」

「ああ、なるほど。後ろにいたのは魔王軍だったのですね」

ウルファイトゥラは納得し、厄介な敵だと眉根を寄せる。

魔王軍。

七年前に突如として現れ、世界の果てから全てを焼き払い進軍してきている恐るべき者ども。

魔王軍の前には恐怖と絶望だけがあり、魔王軍の後ろには何も残らないと言われている。

前線から最も離れたこの街、井戸教の聖都ケンテレトネクではその脅威を体感することはないが、それでも数々の恐るべき噂だけは伝え聞く。

その魔王軍がなぜヤオサカを狙っているのか、ウルファイトゥラにはわからない。

ヤオサカもきっと何故自分が狙われているのかわかっていないだろう。

ハフティーなら知っているだろうか?

しかしウルファイトゥラにもわかることはある。

目の前にいる小太りの男は、人類の裏切り者。死んで当然の悪人だ。

このことをヤオサカは知らなくていい。

どんなクズにも同情し、理解を示してくれるヤオサカは、きっと自分を利用して使い捨てようとしていたクズにさえ心を痛めてしまうだろうから。

「ハフティー曰く『ヤオサカを護る義務がある』。私もそう思います。さようなら」

ヤオサカを護る義務があるのか…

ウルファイトゥラが贅肉でぶよぶよの首に力を込める。

それだけで容易く始末はついた。

「ああ、ありがとう。あなたの命が私に安らぎをくれる」

命を一つ「適切に処理」したウルファイトゥラ・ジナジュラ・ィアエは、ほんのひととき心からの安らぎに浸り、それから旅の仲間との合流を急いだ。

◆◆◆

不老不死の霊薬を配達するだけの簡単な旅のはずが、何やら妙な話になってきた。

俺は脱走奴隷になり、脱走公爵令嬢をお供に、荷担をくっつけて、ハフティーに会いに行く。

ハフティーは俺を置いて危険な旅に出ているらしい。ハフティーなりの深い考えがあってのことだとは思うけど、危険な旅だからこそ一緒に行きたかった。

せめて俺を置いていく事情を話してほしかった。こんな騙し討ちをしてまで俺を遠い地に押し込めておく理由がわからない。

もちろん、事情を話さない・話せない理由があったに決まっているし、騙し討ちするに至った考えもあるのだろうけど、理由があれば納得して引き下がるのかと言えば全くそんなこともないわけで。なにしろ七年来の親友なのだから。

せめて一度会って話してキッチリ説明してもらわないと納得できない。

ハフティーと合流して、彼女と話し。

状況が許すなら用事を一緒に片付けて。

改めて霊薬の配達に戻る。

これが当面の目標だ。

夜中に宗教都市ケンテレトネクを出た俺たちは、俺が街にやってきた経路を引き返す道のりを歩いた。やがて東の空が白んで、日が昇り、丈の低い大草原を貫く一本道を照らし出す。

朝露に濡れた草むらから小動物が顔を出し、街道沿いに点在する野営地から三々五々起き出し動き出した隊商や巡礼者たちに驚いて逃げていった。

ウルは野営地でのんびり目覚ましの茶を飲んでいた商人の一人と交渉し、けっこうな額を支払い一台の馬車を手に入れた。積まれていた布製品もまとめて買い取ったから相当な出費だが、次の街で売り払えばいくらか出ていった金も戻るだろう。

ケンテレトネクで買えばもっと安かったが、出発が深夜で店は閉まっていたから仕方ない。

ウルは馬の扱いが下手だと言うので、俺が御者の席について馬車を走らせた。

一頭立ての馬車の荷台にはウルと荷担が腰を落ち着ける。ウルはすれ違う人々を物珍しそうにそして少しの警戒を滲ませて眺め、荷担はすれ違う女性と俺を見比べては下世話な講評をペラペラ喋った。

やがて日は高く上り、振り返ればケンテレトネクの街並みは小さく遠くなっていた。

ここまで来れば突然怒り狂った公爵の私兵に包囲されることもないだろう。

俺は馬を休ませるついでに昼休みにしようと速度を緩めたが、それに気づいたウルが反対した。

「休まず急ぎましょう。隣の領地、というか、次の街に着けば安全ですから」

「ええ？　なんで？」

「イアエ公爵家は隣の領主様と仲が悪いのです。お父様から何か引き渡しや捜索の要求をされても絶対に頷きません」

それは……安全なのか？

「隣の領でウルが公爵令嬢だってバレたら酷い目に遭わされるんじゃや？　仲悪いんだろ」

「大丈夫です。隣の領主様はお父様と旧知で、昔、お母様を取り合った関係なのだそうです。お会いするたび、ものすごく複雑そうな顔で私を見た後、いないものとして扱われます。今回もそうなされるでしょう」

「愛憎模様～」

ウルってもしかしてクソデカ感情の嵐の中心にいる人？

全てを捨て去る今回の出奔でてんやわんやになる人、多いんだろうな。そりゃ公爵令嬢が出奔して騒ぎにならないわけないいんだけど。

こういう話好きそうだな、と思って荷担に目をやると、荷担は俺の視線に気付いて肩をすくめた。

「興味ないな。興味あるのはヤオサカの恋愛だけだ」

「こわ」

荷担は面白い奴だけど、控え目に言ってちょっと面白過ぎるとこあるな。

ともあれ、ウルの言葉通り馬を急かして宥めすかし、騙し騙し先を急ぐ。

移動しながら馬の疲れを癒す霊薬を調合できればいいんだけど、ガタゴト揺れて普通に手元が狂うから無理だ。あとけっこう人の往来があるから、不確定性原理が壊れて調合失敗する。もっとまともな調合道具が用意できれば……まあそのへんは追々。

公爵の私兵がいつ追いかけてくるのかと一分おきに背後を確かめながら丸一日馬車を走らせ、俺たちは日が傾き閉門間近の隣街に滑り込んだ。

衛兵に「指名手配犯の似顔絵と一致しないか」「禁制品を持っていないか」の二項目をチェックされたが素通しだったので、急いだ甲斐あってイアエ公爵家からの手配より早く到着できたようだ。それともウルの言う通り、領主同士の仲が悪くて手配要請が握り潰されているのか。

なんかすっごい普通に逃亡成功して拍子抜けだ。

ハフティーと逃避行すると追う側と追われる側が逆転したり、頼むから早く捕まえてくれと懇願するハメになったり、いつも滅茶苦茶な事態になるから、こんなにうまくいくとちょっと落ち着かない。

「家出って思ったより簡単なんですね。あんなにたくさんの人とすれ違ったのに、誰も私に気付かなかったみたいです。ヤオサカが逃亡奴隷だと気付く人もいませんでしたし」

荷台のウルが夕日を背に閉まっていく門を振り返りながら意外そうに言う。

いかにも逃亡初心者の感想にちょっと笑った。

「たぶんまだ手配書出回ってないしな。それに、ウルは手配書の似顔絵を暗記して、すれ違う人と照らし合わせながら暮らしてたわけじゃないだろ？　みんな一緒だ。指名手配犯が隣に座っててもなかなか気付かないもんだよ」

「市民はそうでしょう。でも衛兵は？　衛兵ともすれ違いましたよ」

「衛兵はな、『だり～、早く仕事時間終われ～、事件何も起こるな、楽な一日であれ』って祈りながら仕事してるんだ。熱心に指名手配犯に目を光らせてる奴なんていない。気を付けなきゃいけないのは借金取りとか、怒り狂った賭けの胴元とか、賞金稼ぎとかだ。今回は公爵の手勢かな」

その公爵の手勢もこの街では領主に睨まれ自由に動けないというのなら、ウルの言う通り逃げ切ったと考えていいだろう。ハフティーと両手の指の数では収まらない逃走劇を繰り広げてきた俺の勘がそう言っている。

夜逃げして良かった～。真っ昼間に逃走開始したらさすがにもっと面倒な波乱の逃走劇になっていただろう。

「なるほど……過剰に神経を尖らせる必要はない、ということですか」

「そう。ま、捕まっても逃げればいいし。気楽に行こう。とりあえず今日の宿探しだな。今から探して空いてる部屋あるかな？」

「よしヤオサカ。新しい街、新しい出会いだ。いい女と出会えるところに行こう。あっちとかどうだ？」

「あっちはどう見ても風俗街なんだよなあ」

えっちなお姉さんがいっぱいの宿屋に誘導しようとする荷担は、汚物を見るような冷たい目をしたウルに荷台の布の山の奥に押し込まれ静かになった。

荷担は話にならないので、旅慣れた俺の一存で宿を決めることになった。

馬車を預かってもらえる宿の中で下の上ぐらいのグレードのところを選び、宿帳を書いて部屋を取る。あんまり安過ぎる宿を取ると朝起きたら馬車が盗まれてたりするからな（経験談）。

俺とウルは費用節約のため三人部屋にしようとしたが、荷担が意味深な笑みを浮かべ「こっちのことは気にするな。二人っきりで熱い夜を過ごせ」と言って止める間もなく夜の街に消えていってしまったので、二人部屋になった。

荷担の意味深な笑みが伝染した宿屋の主人から二人部屋の鍵を渡され、ねっとり「ごゆっくりどうぞ」と言われたウルが顔を髪と同じぐらい真っ赤に染めてしどろもどろに弁解する。

「あっ、あっ、あの、何もしませんから！　私はハフティーにヤオサカを任されていて、だからハフティーを裏切る真似は、決して……！」

「そういうのは心配するな。俺はハフティーと七年旅して一度も手を出さなかった男だぞ」

「!?　……もしやヤオサカは女性を恋愛対象として見れないのですか？」

「いや？　普通に女好きだよ。恋愛してぇ～って思うこともある、けど、まあ、昔失恋して、ちょっと今はいいかなって。そういう場合じゃないだろみたいなのもあるし」

俺は曖昧に話を濁した。

恋愛話は嫌いじゃないけど、俺の小学生のときのしょーもない失恋談を聞いた人は大体ブチ切れるからあんま話したくない。友達が友達の悪口言うのを聞くの気分悪いんだよな。

ウルは俺の失恋話が気になったようでかなり聞きたそうにしていたが、俺が露骨に話を逸らして夕食を食べようと誘うと追及を控え、話に乗ってくれた。

朝から夕方までずっと馬を走らせて、俺はもうお腹ぺこぺこだよ。

宿で出された食事は普通のものだった。

つまりパンと水、肉。そしてギトギトの油に赤錆《さび》が浮いたこの世のものとは思えないスープだ。

この世界の住人は食事でパンと肉を抜くことがあっても、この地獄めいたスープは抜かない。味覚壊れてるぜ。

調味料として砂鉄が当たり前のように売られているだけあり、豊富に鉄分を摂ることが習慣づいたこの世界の人々は体が丈夫だ。ずっしり重く、ガッシリ堅い。ウルの超人的パワーやスピードの源もこういう食生活からきているのだろう。それにしたってウルは常軌を逸しているが。

このスープを飲むと吐いてしまう俺や、偏食家でスープを飲まないハフティーは相対的に体が弱い。しかしその分頭がいいから差し引きプラスだと思っておきたい。

俺が事情を説明すると、ウルは自分のパンと俺のスープを交換してくれた。

この世界でスープが嫌いというのは、ハンバーグもカレーもラーメンも全部嫌い、というのと同じぐらい損な味覚だと思われる。ウルは同情的で、俺がパンを食べおわると肉も半分切り分けてくれた。

「まさかスープがだめとは。放浪の民は皆そうなのですか？　ハフティーの御両親もそうでした」

「どうかな。俺は放浪の民ハフティーしか知らんからなんとも」

「ヤオサカさんは放浪の民ではないのですか？」

「いや？　なんか気付いたらこの世界にいただけ。まあでも実質放浪の民みたいなもんだよ」

放浪の民は体の入れ墨で見分けがつくのだが、普通にしていれば服に隠れて見えない場所に彫っているから、一目ではわからない。一般人は「怪しい旅人＝放浪の民」ぐらいのガバ認識だ。

俺たちは共通の友人について話に花を咲かせ、夜遅くになってから部屋に引き上げた。

ウルが生まれて初めての外泊にモジモジしていたので、俺がベッドシーツを窓枠のでっぱりとドアに引っかけて部屋を区切る仕切りを作った。これで実質男女別二部屋だ。よし、問題ないな！

「じゃ、おやすみ」

「え。あ、はい。おやすみなさい」

ベッドに潜り込んで言うと、ウルの返事がある。

ウルが俺を真似てベッドに潜り込んだ衣擦れの音がしたが、「かたい……」という少し不満げな呟きが微かに漏れ聞こえた。生まれたときからふかふかベッドで寝ていたお嬢様らしい感想だ。

まあすぐ慣れるさ。薪を枕にできるだけでありがたいと思うようになったら一人前の旅人だ。

それから、俺たちの旅は順調に進んだ。

街から街へ、街道沿いを行く。

夜になっても賭博が始まらない旅は奇妙に感じられたが、代わりに荷担があの手この手でウルと俺の間に恋愛イベントを起こそうとするので退屈はしなかった。

俺を突き飛ばしてウルの胸に飛び込ませたり、ウルを焚きつけて俺に手料理を振舞わせたり。

しかしウルはまるでバランスを崩した警護対象を受け止める護衛のようにがっしりと俺を抱き留めたし、ウルの手料理は壊滅的で、桃色な空気は発生しなかった。

一度はウルと共謀して仕返しをしてやろうと話し合い、宿で一緒になった夜職の女性に頼んで荷担に色目を使ってもらったのだが、まるで見えていないかのようなガン無視で相手にされなかった。

あいつ、マジで俺の恋愛にしか興味ねぇな。すごい生き物だ。

小さな旅の悲喜こもごもを楽しみながら、俺たちは七日かけて俺がハフティーに売られた野営地まで戻った。

草原を貫く街道の脇に作られたこぢんまりとした野営広場は利用者が多い。あのとき俺たちが乗っていた馬車の轍《わだち》はとっくに無数の別の轍に上書きされ消えていて、ハフティーの足跡も一つも残っていない。

俺は野営地に座り込んで考えた。

書き置きとかあれば楽だったんだけどな。そう簡単にはいかないか。

そもそもハフティーは俺に追いかけさせる気がないどころかむしろ置いていくために回りくどい芝居をしたんだから、ここで足取りがつかめるはずもない。でも捜査の基本は現場百遍っていうし。ここからハフティー追跡を始めるのは間違ってない。

考え込んでいると、野営地に狐とリスを合体させたような草原の小動物がやってきて、俺の肩によじ登った。

後脚で立ち上がって周囲を見渡し、さらに高さを求めて頭の上に登頂する。

あのー、小動物くん？　人間のこともうちょっと警戒してくれない？　俺は怖い生き物なんだぞ。

頭脳担当の働きどころなのに、小動物が頭に乗っかっていてまるで集中できない。

「いったんどいてくれ。すまんな」

頭の上のふわふわした小動物をそっと持ち上げ地面に降ろすと、同族らしい小動物が草陰から三匹出てきて、すかさず俺の空席になった頭と両肩に陣取った。降ろされた一匹も膝に乗ってしまう。

増えちゃった。

「可愛い……」

牧歌的な小動物に高台代わりにされてしまった俺を遠巻きに見るウルがうっとりと呟く。

女子はみんな小動物好きだな。あんまりそわそわしているので声をかける。

「撫でるか？」

「いいんですか？」

「そっとな」

「抱きしめたりは？」

「嫌がらなければいいんじゃないか」

促すとウルは嬉しそうに頷き、驚かさないようにゆっくり近づいてきた。

そしてそっと撫でた。

俺を。

「ウル〜？」

それは違わない？　俺じゃないだろ。

「嫌がってませんよね？　ぎゅってしますね……！」

ウルは俺の髪を引っ張ったり襟を噛んだりしている小動物ごと俺をぎゅっと抱きしめた。

小動物が歯を剥き出し耳と尻尾をピンと立てて威嚇してきているのを意にも介さず、大きく
息を吸って俺の匂いを嗅ぐ。

「いい匂いがします」

それは俺の台詞なんですが。

どういう状況？　ドキドキするんだけど。ハフティーの足取り考察が頭から吹っ飛んだぞ。

ウルはヤオサカの小動物添えが大層お気に召したようで、幸せそうに抱きしめる手を緩めない。

放っておいたら丸一日このままになりそう。助け、いやこのままでも悪くは、いややっぱり助けて。

「……せ……おせ……押し倒せ………！」

俺の救助要請が届いたわけではないだろうが、ウルは草むらに伏せてローアングルから応援という名の呪詛を飛ばしている荷担に気付き、ハッとして離れた。小動物たちも急いで俺の体から降りて草陰に消えていく。

荷担は不満そうに立ち上がりウルに文句をつけた。

「なぜ最後までやらなかった？　早くヤオサカの子供の顔を見せてくれ」

「余計なお世話です！」

気が早いとかそういう次元じゃない謎目線の文句に、温厚なウルもさすがにお怒りだ。

なんだかハフティーの足取り捜査って雰囲気でもなくなっちゃったな。

集中できないし、手がかりも見つからないし、いったん引き揚げよう。

困った俺たちは野営地最寄りの街に入り、宿屋の一画のテーブルを囲んで作戦会議を開いた。

「ヤオサカの恋路はいつでも応援してるぞ」

「荷担さんはいったん静かにしていてもらえますか？」

「ハフティーは俺を遠ざけたかったみたいだから、ケンテレトネクとは逆方向に行ってると思うんだよな。見た目もやることもぜんぶ目立つ奴だから、すぐ目撃情報見つかるだろ」

「なるほど。では、明日からは情報収集をしつつ、えーと、北でしょうか？　北へ向かうことにしましょうか」

俺は頷いた。

今も「探し上手」の霊薬を飲んでいるから、事態はいい方向に進むはず。それでもだめなら「探し人を可能な限り早く発見し合流に成功する霊薬」みたいな超絶ピンポイントな効果を持つ霊薬を腰を据えてじっくり調合しにかかるしかない。

この七日で暇を見つけては旅に役立つ霊薬を調合しまくり使いまくっている。おかげで旅はとても順調だが、引き換えにだいぶ形而上成分が目減りしてきている。

少し自重が必要かも知れない。

「ま、なんとかなるさ。のんびり行こう」

「はい。でも、一つ問題が……旅の資金が足りなくなってきました」

「うっ！　ごめんなぁ、霊薬売れなくてさ……」

「ヤオサカのせいではありません。まさか本物の霊薬だと信じてもらえないとは」

そりゃあ常識的に考えて怪しげな旅人が売る怪しいお薬より、お医者さんや薬屋さんを頼るよな。「このクスリはホンモノだから！」「効果保証！　大丈夫、安全！」「霊薬ぐらいみんな飲んでる、俺だって飲んでる。一本だけ買ってみない？」などなど必死にセールスしても、むしろ客はそそくさ離れていった。

霊薬の売買交渉を引き受けてたハフティーってすごかったんだなって。

霊薬は売れないいし、厩《うまや》代や宿代、食料代がやけに高いし（たぶんボったくられているが、こっちにも暮らしがあるからこれ以上安くできない、なんて言われたら払うしかない）、ウルが屋敷から持ち出した大金はみるみる減って今は雀の涙だ。

これじゃハフティーを捕まえる前に路銀が尽きるぞ。

どうやって稼ごうか、闇金から金を借りようか、いやそれはさすがに……などと話し合っていると、荷担が挙手した。

「名案がある」

「ほう。一応聞こうか」

「ヤオサカの特技を活かそう。ヤオサカが危ない女を見つけて手籠めにして貢がせて、」

「はい却下」

荷担は手を下げてしょんぼりした。

なんでもかんでも恋愛に結び付けようとするんじゃありません。もっと真面目に、現実的に考えてくんねーかな。

「ヤオサカはハフティーと旅をしていてお金に困らなかったのですか？」

ウルに聞かれ、俺は大きく頷いた。

「困りまくってた。でもだいたいハフティーがギャンブルでなんとかしてたり、なんとかできなかったりしてたな。んー、ここはやっぱ特技を活かして稼ぐ方針でいくか。俺の特技じゃ稼げないし、荷担は荷担だから、ウルに頼りたい」

「いえ、私は特技なんて何も……」

ウルは自信なさそうに小さくなる。

この女、まだ自覚が足りていないようだな。

もっと自分の厄介性癖をさらけ出せ。

「なに言ってんだ、お前人殺し好きだし得意だろ。自信もて。店主ー！　ここ賞金首の手配書って置いてないか？　殺しても大丈夫なやつで」

「なんだお前さんたち、そんなナリして賞金稼ぎか？　少し待ってろ」

いったん裏に引っ込んだ宿屋の店主は、俺たちのテーブルに手配書の束をどっさり持ってきてくれた。殺しＯＫ限定なのに、予想の三倍出てきて驚く。

「あれ、こんなにある？」

「魔王軍がのさばってからこっち、治安は悪くなる一方だからな。近頃じゃ井戸端でお祈りしてる途中でスリにあったなんてけしからん話もあるぞ。まったく、世も末だ」

店主は溜息をつき、首を振りながらカウンター裏に戻っていった。

でも物騒な世の中になったおかげで、ウルは性癖を満たす獲物には困らないし、金も稼げる。

悪いことばかりじゃあないよな。

「よし、せっかくだから大物狙ってバーンと稼ごう。それか近場ですぐ見つかりそうな賞金首とか。手分けして厳選するぞ、荷担はこっちの束、ウルはこっちの束から見繕ってくれ」

「ヤオサカ、いざ殺すときになって『事情あるかも知れないし見逃そう』なんて言いませんよね？」

「いやいや、賞金首にまでなった極悪人にかける情けはさすがにないって。でも事情ありそうだったら話ぐらいは」

「わかりました。一人で殺しに行きます。ヤオサカは絶対についてこないでくださいね」

「えー？」

ぐだぐだ話しながら手配書をめくる。

連続強盗殺人、衛兵詰所への放火。馬車強盗、邪教崇拝、強盗強姦殺人……おーおー、殺してでも捕まえろって声高に叫ばれるに相応しい悪人共がいっぱいだ。

でもこの邪教崇拝ってのは信仰の自由的に考えてやり過ぎ……じゃないな？　井戸に毒入れて村一つ壊滅させてやがる。紛れもない邪教だ。やば過ぎ。大金貨二〇〇枚も納得の懸賞金だ。

「おっ？　大金貨四〇〇〇枚の賞金首!?　すげぇ！　頭一つ二つ抜けた手配額だ。どれどれ……？　あーあーあー、罪状もエグいな。魔王軍との内通。城塞都市レダチクを守っていた人類軍三万に虚報を掴ませ、都市共々壊滅させた。げぇ、人類の敵過ぎる」

俺が読み上げると、興味を惹かれてウルも自分の手配書の束を置いてのぞき込んできた。

「私にも見せてください。どうせ殺すならそういう死んだほうが世のためになる極悪人がいいですね」

「じゃあこいつを殺しに行こうか。えーと？　容姿は、放浪の民で、小柄。女性。長い金髪に類稀な美貌。ツラの良さが特徴に書かれるって相当だぞ。で、名前は――」

名前を読んだ俺は絶句し、ウルは悲鳴を上げた。

「放浪の民、『博徒ハフティー』!?」

第五話　君、死にたもうことなかれ

誰かを自分よりも大切だと思う日がくるなんて、ハフティーは想像すらしていなかった。

呪われているかのように出生率が低く死亡率が高く、先細るばかりの惨めな民族、放浪の民。

ハフティーはその末裔《まつえい》として類稀な頭脳を授かり生まれた。

生後三カ月で喋り。

一歳で読み書き算術を修得し。

二歳になる頃には最早親から学ぶことなどなくなって。

賢しらに「まだまだ学ぶことはたくさんある」「世の中は難しい」などと嘯き「可愛らしく物知りな女児」程度の枠に自分を押し込めようとする両親の底は知れ、頭の悪さに絶望する。

無知で、無能で、自分で物を考える脳もないクセに、無駄に長く生きているだけで自分を賢いと思い込んでいる救いようのないクズ共だ。

ハフティーは自分以外の全てを見下していた。

事実、そうなるのも当然だ、という主張が一定の説得力を持つぐらい賢かった。

そして賢いがゆえに、他者を見下しているのが露見すると不都合が起きると理解できていた。

馬鹿は馬鹿にされると怒り、馬鹿げた癇癪《かんしゃく》を起こす。無駄で不愉快で不利益な生態だ。

だからハフティーは人当たりのいい自分を演じた。

気さくで、明るく、いつも前向き。頭が良さそうだがそれを鼻にかけない。そんな自分を。

いつしか体に染みつき自分の一部になるぐらい演じ続けた。

子供らしく可愛らしい愛嬌《あいきょう》を振りまき、周囲の単純な人々をいいように操りながら、ハフティーは子供らしく将来について悩んだ。

この愚者に溢れた世界で、ただ一人賢く生まれてしまった自分はどう生きるべきか？

どうすれば楽しく充実した人生を過ごせるのか？

そして見つけた。やりたいことを。

つまり、賭博を。

賭け事をしているときだけは、馬鹿共との会話もやり取りも楽しかった。

論理的にこの嗜好の成り立ちを自己分析するならば、不確定要素が良かったのだろう。

カードの中身やダイスの出目を読むのは、人の考えを読むよりも難しい。勝利の確率は計算できるけれど、賭博に確実はない。その『わからない』が面白い。

……と思っていたのだが、イカサマの味を覚えてからは勝率一〇〇％の勝負にも愉悦を感じるようになったので、全ては後付けで、単純に生まれつき賭博行為が好きなだけだったのだと最終的には結論づけた。

両親は賭博にのめり込むハフティーを矯正しようとした。悪い大人になってしまうからやめなさい、いつか取返しのつかない失敗をしてしまう、と。

しかしハフティーは全て承知の上でやっていたので、両親の躾の試みは全くの無駄だった。

大好きな賭博を、生きがいを、制限し禁止し邪魔し、罰さえ与えてきた両親を、ハフティーは躊躇なく賭けに使い、負けたので売り払った。

表面上は別れを悲しんでみせたが、内心は法的・慣習的に保護者という立場で自分を制限する邪魔物を処分できてスッキリしていた。

そうしてハフティーは独りになれた。

誰一人理解者はなく、理解者を求めもしない。

使い勝手のいい「友人」をいくつか旅先に確保しておけば、普通ならば一日経たず悲惨な結果になるだろう愛くるしくひ弱な少女の一人旅も成立した。

刹那的で楽しい賭博生活をしながらすくすく育ったハフティーは、あるとき賭けに負けて荒野を彷徨うハメになった。

ハフティーをしてなかなかない珍しい事態だったが、結果と比べればそのような事態に陥った経緯は些事だ。

その荒野で、ハフティーはヤオサカと遭った。

ヤオサカは一口のパンすら黄金に勝る価値を持つ荒涼の大地で、砂糖の塊ともいえる飴玉を持っていた。

知性に欠ける暴力行為を見下しているハフティーは飴玉を求め平和的手段に訴えた。

お互いの持つ食料を賭けて賭博を仕掛けたのだ。

そして負けた。

イカサマまで使ったのに、ヤオサカは自分を上回る途轍もない頭脳で新戦法をその場で編み出し、完膚なきまでにハフティーを破ってのけた。

人生の根幹を揺るがす驚天動地の衝撃だった。

偶然ではあり得ない。

賭けを始めたときは、明らかに説明したルールを全く初耳の様子で聞いていたのに、理解不能の速度で理解を深め、新理論を打ち立て、大胆にそして狡猾《こうかつ》にハフティーを追い詰め、完勝した。イカサマは全て見破られた。

こと知性に関しては自らに並び立つ者なし、と至極真っ当な自負をもっていた放浪の民の末裔の少女は、生まれて初めて自分より頭のいい生き物に出会ったのだ。

ハフティーは感嘆し、予想外の結末を迎えることとなった自らの生の終わりに納得した。この優れた生き物のために敗北者たる自分が食料を供出し、彼が生き私が死ぬのなら、悪くない人生の幕引きだと思えたからだ。生きあがく気も起きなかった。

ところがヤオサカは勝ち取った飲み水と食べ物を二人で分ける決断をした。

ハフティーは混乱した。

君は、

いったい、

何を、

言っているのだ？

二人分を一人で独占してはじめて延命が見込める程度のささやかな食料なのに。

二人で分けたら共倒れするだけだ。

自分より頭のいいヤオサカが、それを理解できていないはずがない。

自分が（彼と比べれば）馬鹿だから真意がわかっていないのか……？

食料を分かち合った二人はたいして腹も満ちないまま荒野を彷徨う。今は一滴の水でさえ喉から手が出るほど欲しい。

ヤオサカは餓死しかけの状況を理解しているはずなのに異常なほど能天気でよく喋り、あろうことかハフティーに友情を感じているようだった。

よろめき歩きながら奇妙な男と話すうちに、頭脳明晰なハフティーはすぐに気付いた。

このヤオサカという男は、生まれ持った優れた頭脳を生まれ持った気性ゆえに台無しにしている。

ヤオサカは人の悪意や愚かしさに対し、あまりにも寛容だった。

そのネジの外れた寛容さがあらゆる判断と思考を鈍らせている。

「イカサマ禁止」と言いながらイカサマを使ったハフティーを、ヤオサカは責めなかった。面白い、と笑い、元の状態に戻すよう要求しただけだった。

恥知らずにも二回目・三回目のイカサマに手を出したハフティーを、ヤオサカはやはり柔らかくたしなめるだけだった。

親を売り払った話をしても、少し驚きを見せ「今からでも一緒に取り戻しに行こうか？」と気づかわしげに言うだけで、侮辱も軽蔑も飛んでこなかった。

それまでも見目麗しいハフティーの歓心を買うために同情してみせたり、親身になってみせたりする小賢しい輩はいた。

だがヤオサカは違う。

ヤオサカは紛れもない「本物」だった。

流浪の旅の中で様々な人間の剥き出しの本性に触れてきたハフティーにはわかった。

きっと、ヤオサカはどれほど醜悪な悪人にも寄り添ってしまう。

もちろん、私にも。

彼は私を絶対に否定しない。

賭博をやめろだなんて言わない。どうやって賭博をやっていこうか、と考えてくれる。

悪人だから罰を受けろ、苦しみ悔い改めろ、だなんて言わない。悪人だって悪人のまま笑って生きていいのだと勇気づけてくれる。

彼は、ちゃんと私がどうしようもないクズだとわかっている。

その上で受け入れ認めてくれている。

ヤオサカの身の破滅を招く愚かしさが、ハフティーの心を打った。

魂が震える熱い感情がこみ上げる。体が乾ききっていなければ滂沱《ぼうだ》の涙をこぼしただろう。

何があっても彼だけは私を見捨てない。何をしても信じてくれる。

自分のように悪性を抱えて生きていかざるを得ない者にとって、それがどれほど心の支えになることか！

独りでいい、独りがいいと思って生きてきたハフティーだったが、ヤオサカとの出会いは心変わりには十分過ぎた。

それはずっと暗闇で生きてきた者が篝火《かがりび》の明るさと温もりを知ったかのような激変だった。なくても生きてこられたが、いざ知ってしまうともう後には戻れない。

とはいえ。

心が満ちても、肉体は満ちない。

乾いた不毛の荒野は容赦なく二人に飢えと渇きを押しつけて、分け合った食料で回復した体力は瞬く間に奪われた。日差しは厳しく、一歩踏み出すだけでも全身全霊の意志を振り絞らなければならなかった。

足は疲れも痛みも通り越し感覚がなく、倒れて寝てしまいたかったが、そうすれば二度と起きることはない。

進み続けるしかない、しかし進み続けたところで希望などあるだろうか？　奇跡はヤオサカとの出会いできっと使い果たした。

束の間交わした心と心もこのまま荒野の土埃に巻かれて朽ち果て消えていくのかと思われたが、再び救いの手が差し伸べられる。

そいつは荒野のただなかで、不自然に切り取られた影絵のように立っていた。

気が付いたらそこにいた。

赤茶けた大地に、真っ黒な影法師が立っている。

特別色濃い人の影が立ち上がり実体を持ったような、不気味な人影だ。

ハフティーは極限状態で鈍った頭を素早く働かせた。

アレはなんだ？　いったいなんの魔法だ？　この魔法の使用者本人がこの影法師の姿をとっているのか？　それともこの影法師を操る魔法使いが近くにいるのか？　敵か味方か？　どちらにせよ情報か物資かを入手できる公算はある……

ハフティーは得体の知れない影法師に声をかけようとしたが、その前に影法師が動いた。

ゆるりと腕を上げ、少し離れた位置にある岩を指さしたのだ。

影法師はそのままじっとした後、忽然《こつぜん》と消えた。まるで最初から何もいなかったかのように。

「なんだ？　なんかあるのかな」

と、ヤオサカは不思議そうに言い、ノコノコ指差された岩へ向かった。

ハフティーも躊躇したが、ついていく。何者だとか、何用だとか、疑問はあったが、示された場所に何かがあるならなんでも良かった。今以上に状況が悪化することはないのだから。

そして、二人は示された岩の後ろに回り込み、岩と地面の間の窪みの影に小さな水たまりを見つけた。

二人が喜び、泥臭い水を分け合って飲むと、再び少し離れた場所に影法師が現れる。

また、少し離れた岩を指さし、今度は地面を触る仕草をする。

ハフティーは誰何《すいか》しようとしたが、その前にまた影法師は消え去った。

二人が示された岩の周辺の地面を調べると、小動物の巣穴を発見した。

腕を巣穴に突っ込み、暴れる痩せっぽちネズミを捕まえ絞めると、みたび現れた影法師がまた方角を示す。

そうしてゾンビのほうがまだ生気があるような酷い有様だった二人は、水を得て食料を得て、以前雷が落ちたらしい枯れ木から炭を得て、炭から火を熾し、崖から落下死したと思われる肉食獣の乾燥した死体から皮と骨を手に入れた。

日が落ちて一気に気温が下がった寒々しい荒野で、風よけに丁度いい屏風岩を背に二人は焚火で温まる。かなり臭うが、風と夜露を凌ぐために体にかける動物の皮もある。

「はーっ、助かった。生き返る〜」

「……ヤオサカはアレをなんだと思う？」

焚火に手をかざし呑気に赤い鼻をすするヤオサカに、ハフティーは問いかけた。

屏風岩から少し離れ、焚火の灯りと夜の暗がりが溶けあう薄闇にまたしても影法師は立っていた。

ハフティーは影法師を怪しんでいた。

無論、命を救われたのは確かだが、ハフティーはそれだけで警戒を解けるような経験をしてこなかった。

男に騙され酷い目に遭っている女を別の男が救い、惚れた弱みに付け込んで一層酷い目に遭わせるのを見たことがある。

借金で首が回らなくなった貴族に商人が親切に金を貸し、膨らんだ利子と元金のカタとして貴族の全てを奪い去る現場にも居合わせた。

無料の親切ほど高くつくものはないのだ。

ハフティーの警戒と反比例するように、ヤオサカは底抜けの無警戒でありがたそうに言う。

「あの人は命の恩人だ」

「それはそうなのだけど。ふむ……もし、そこの方！　親切をありがとう。ぜひお礼をしたいのだけど、お名前を教えてもらえないだろうか」

心から感謝して礼をしたがっているかのように装って探りを入れると、影法師は（たぶん）ハフティーのほうを向いた。

かと思うと瞬きの間に消え、目の前に現れる。ハフティーは思わず軽くのけぞった。

近くで見る影法師はどうにも存在感が希薄だった。

間近で見てはっきりしたが、やはり黒い服を着こんだ人間などではない。影が人間の形になったとしか言いようがない、妙な存在だ。警戒は高まる。

最適な選択をしようと一瞬にして数十の会話パターンをシミュレートするハフティーだったが、ヤオサカが能天気に自分の隣を指すほうが早かった。

「こんばんは。まあ座ってくださいよ。座れます？　というか言葉わかります？」

「…………」

「えーと、案内ありがとうございました。助かりました。本当に。お礼とか差し上げても大丈夫ですかね？　あ、いや今持ち合わせがなくてこの動物の骨とか焚火の燃えさしとかしか出せないんですけど。俺に何かできることがあれば」

警戒心の欠片もないヤオサカの言葉を聞いていた影法師は、そこで初めて音を返した。

それは確かに声だったのだろう。しかしあまりにも無個性で、あらゆる特徴を削ぎ落とされた声があるとすればこれだろうな、という平坦かつ連続した音だった。

「半知半能を完全存在に昇華できるか」

「……はい？」

一瞬、ヤオサカならば言葉の意味がわかるのかと横を見たが、自分と同じ感情が顔にも声にも出ていた。

「すみません、もう一度いいですか」

困惑したヤオサカに言われた影法師は、しばしの沈黙の後に別の表現を使った。

「不老不死を実現できるか」

「えーと……お礼の話ですよね？　ちょっと、あのー、そういうのは厳しいかな、みたいな。さすがに。何か別のできることがあれば、」

影法師はヤオサカの言葉に被せ、音を返す。

「お前は不老不死を実現できる。これは事実だ」

「なぜですか？」

「…………」

会話は完全にヤオサカと影法師の間で進んでいた。ハフティーが疑問を投げかけても、少し顔（と思しき面）を向けられただけで無視される。

無視されるのは構わなかったが、正体不明で会話が怪しい影法師の興味がヤオサカに向いているというのは不安を煽った。

詳細はわからない。しかし明らかに何かしらの目的をもってヤオサカが狙われている。和やかに話ができているうちはいいが、不穏な様子を見せたら無理にでも会話に割り込み注意を惹きつけなければ……瞬間移動ができるらしい相手から逃げるのは至難だろうから。

影法師の言葉に腕組みをして首を傾げていたヤオサカだったが、一つ頷いて尋ねた。

「確認したいんですけど、あなたは不老不死になりたいんですか？」

影法師はしばし停止した後、ゆっくり頷いた。

「どうしても？」

影法師はまた頷いた。

ヤオサカは仕方なさそうに頭を掻き、溜息を吐いた。

「じゃあ、まあ、はい。そういうことなら、なんか方法探してみますけど。二十一世紀でも実現の目途全然立ってない人類の大目標を叶えるのはだいぶ厳しいと思いますよ？　できなくても怒らないでくださいね」

「お前は不老不死を実現できる。これは事実だ」

ヤオサカの話を聞いたのか聞いていないのか。影法師は同じ言葉を同じ調子で繰り返し、腕を上げてある方角をビタリと指さし、言った。

「実現したならば、北へ来い。そこにいる」

その言葉を最後に、影法師は消えた。

ヤオサカが呼びかけても返事はなく、当然ハフティーの声にも応じなかった。

夜間、ハフティーは寝ずの番をしたが、影法師は現れなかった。

朝になり、朝焼けの空の彼方に薄ぼんやりと尖塔が見え、人の暮らしの兆しに喜び合っても、影法師は影すらチラとも見えない。

結局それ以来、ハフティーとヤオサカは影法師に会っていない。

◆◆◆

なんとか荒野を抜け出したハフティーとヤオサカはともに放浪の旅を始めた。

自分を本当の意味で理解し寄り添ってくれる親友との旅はあまりにも楽しく、充分楽しかったはずのそれまでの一人旅が色褪《いろあ》せて思えるほどだった。

旅の中で嫌と言うほど思い知らされたが、ヤオサカには厄介なクズを惹きつける天性の魔性があった。

ゴミであるほど、クズであるほど、ヤオサカに強く惹きつけられる。

少し浪費癖があるとか、怠けがちだとか、その程度ではなんということはない。

しかし生まれついてのどうしようもない悪性を抱えた者は、ヤオサカに狂おしく惹きつけられた。

そういったクズがヤオサカに心救われ、魅了されてすり寄るのは、まあいい。

個人的に気に入らないのであの手この手でヤオサカから遠ざけたが、まだマシな輩だ。自分の悪癖を満たす過程で結果的にヤオサカを苦しめてしまうことはあれ、ヤオサカを陥れようとか、利用してやろうとか、そんな邪な考えは抱かないから。

問題は救われたのに救いようのないクズだ。この手の悪質な輩はヤオサカが旅の中で身に付けた霊薬調合術や、七年前の奇病以来めっきり見なくなった希少な天然の黒髪などに目をつけ、ヤオサカを陥れ、苦しめ、不幸にしてしまう。

ヤオサカに許され救われながら、その慈悲に付け込み貪り肥え太ることを是とする汚らわしい害虫だ。

許しがたい。万死に値する。

だからハフティーは有害なクズから全力でヤオサカを守護した。

ヤオサカに救われたクズは、ヤオサカを食い物にしようとするクズからヤオサカを護る義務がある。

ヤオサカが知れば性懲りもなく何度でも慈悲をかけようとするのがわかりきっているから、本人には秘密の処理作業だった。

ヤオサカのおかげでこれほどまでに自分は救われている。

だからヤオサカも当然救われなければならない。

親友として当然のことだ。

ハフティーの水面下の努力の甲斐あり、ヤオサカは血生臭い裏側を知ることなく、純粋に自分との旅を楽しんでくれていた。

ハフティーも楽しんでいるヤオサカと旅ができて楽しかった。

あまりにも楽し過ぎて、荒野の影の問題と向き合うのを後回しにしてしまったほどだ。

時を経るほどにハフティーの中で荒野の影への疑念は深まっていっていた。

あの荒野の影は何者だったのか？

ヤオサカの霊薬調合の才能を知っていたのだろうか？

どうやって？

当時は本人も知らなかった、隠された才覚なのに。

無論、ヤオサカの地頭の良さを知っていれば不老不死に辿り着くだけの理論や方法の構築に期待をもっても不自然ではないが。それにしては期待をかけるというより「できなければおかしい」という断定的な言葉を使っていた。

ヤオサカは旅をしながら律儀に荒野の影との約束を果たすため不老不死の霊薬の探求をしている。

古今不老不死の探求は常に失敗に終わってきた。

ヤオサカが失敗すれば問題はない、しかし成功してしまったら？

ヤオサカは史上最も価値のある至宝を迷いなく荒野の影に引き渡すだろう。そうして無敵になった荒野の影は何をする？

なんでもありうる。

それが良からぬことを引き起こさなければいいが、荒野の影は善人らしい言動をしていなかった。信用ならない。

時間をかけじっくり情報を収集し熟慮したハフティーは、「荒野の影は魔王である」と結論付けた。

荒野で影法師に出会った日と、魔王が侵攻を開始した時期はほぼ一致する。

魔王は世界の果て、永遠の暗黒から生まれたと噂されており、遠目にその姿を見た者は恐れとともに「まるで立ち上がった影のようだった」と語った。

時期が一致し、容姿が一致する。これで関連性を疑わないほうがおかしい。

魔王の侵攻目的は誰にもわからないが、全てを焼き尽くす苛烈な侵略は徹底した容赦のない殲滅《せんめつ》を指し示している。

放浪の民が入れ墨の形をとって先祖代々伝えてきた伝承には、

「我らが民の栄華は滅びた。しかし我らを滅ぼした彼らもまた、必ず滅びる。それが世の定めなれば。いずれ破壊神が誕生し、彼らを滅ぼし終焉をもたらすだろう」

とある。いつの世にもあるありふれた終末思想だが、実際に魔王が現れてみればなるほどこのことだったのかも知れないと思わされる。

魔王の侵略は止まらなかった。

軍が結集しても足止めがせいぜいで、局所的に押し返したかと思えば、数日で圧し潰される。

死に物狂いで要所を護り日々犠牲になっている人命は、もしかすれば要所を明け渡すことによって失われただろう人命より多い。

敗戦に次ぐ敗戦の報に、ハフティーは人の世は終わるのだと理解した。

人類は既に勝ち目を失っている。

死者も失われた土地も多過ぎる。

今更魔王軍への有効打が見いだされたとて、最早遅きに失する。

その終末を率いる魔王が荒野の影だとして。

ヤオサカは、魔王に不老不死を授けようとしていることになる。

由々しき事態だ。

魔王軍は人類を捕縛すると、なんらかの施術によって自らに忠実な兵士に仕立て上げ戦列に加えている。

かつての朋友が全く躊躇なく襲い掛かってくる光景は前線の士気に深刻な被害を与えているという。

そのような戦法を常用する魔王が、自らに不老不死を渡した霊薬師を厚遇するだろうか？

するわけがない。

自分なら、霊薬を受け取った後、霊薬を解除する霊薬を作られたり、別の者に不老不死を授けられたりする危険性を重く見る。

可能ならば飼い殺し、できなければ始末する。

そうして自分の不老不死を盤石なものとする。

魔王がどれだけ殺戮の限りを尽くそうが知ったことではないが、その魔手がヤオサカや自分にまで伸びるとなれば話は別だ。

ヤオサカは純朴で、「荒野の影はおそらく魔王だ。危険だ」と説明しても、

「別人かも知れない」

「魔王のそっくりさんなだけで、よく見間違えられて困っているかも知れない」

「きっと北のほうに住んでいる親切な人だ」

と言って聞かない。

本当は頭がいいのにどうしてこれほどまでに危機管理ができないのだ、と苛立つこともあるけれど、そのおかげで自分は親友でいられるし、財布をスッても許されるし、借金の借受人にヤオサカの名前を勝手に使っても許される。

この度を越して善良な愛おしい人を守りたい。何をおいても。

そのためにはあらゆる手段を使おう。

そしてヤオサカは不老不死の霊薬を完成させてしまった。

もはや一刻の猶予もなかった。

魔王の脅威は重々承知だった。

早急に対策を取らなければならないとわかっていた。

ヤオサカと不老不死の霊薬の件がなかったとしても、魔王が世界全てを焼き尽くせば自分とヤオサカも必然的に死に果てる。

自分たちの身を守るためにも魔王の脅威を遠ざけなければならなかった。そしてそれは早ければ早いほうが良かった。

どの道人の世が終わるとしても、素早く対策を立てれば延命できるからだ。

だがハフティーは非合理にもヤオサカとの刺激的な旅を優先してしまった。

楽しかったからだ。

ヤオサカとの日々はあまりにも幸せ過ぎて、ずっと二人で旅をしていたいという欲望を抑えられなかった。

今動かなければ後々自分たちの首を絞めるとわかっていても、愚かにも今の喜びを手放せなかった。

折に触れて荒野の影は危険だと警告はしたが、今の幸福な日々を壊してまでヤオサカを掣肘《せいちゅう》しようとはしてこなかった。

ハフティーは固い意思で「不老不死の霊薬を依頼主である荒野の影に届けるため、北（対魔王最前線）へ向かう」と言い出したヤオサカを説得できなかった。

ハフティーは過ちを受け入れ、一計を案じた。

「荒野の影から依頼中止の連絡が入ったと伝える虚報案」や「ヤダヤダ行っちゃヤダと全力で

ダダをこねる駄々っ子案」など十数案を吟味し、「軟禁案」を採用する。

手ひどく裏切り売り払い、自分を追いかけようとする気持ちを少しでも削り、魔王の脅威から最も離れた世界の中心ケンテレトネクの信用のおける「友人」に預ける。

友人ウルは殺人癖を抱えているが、だからこそヤオサカに容易く篭絡され、なんとしてでも守護しようとするだろう。

全く信用できない性癖だからこそ、逆に最も信用できる。

そしてハフティーはヤオサカと離れ、魔王軍侵攻への徹底的な遅延作戦を開始した。

既に作戦開始が遅過ぎるが、それでも試算によればあと二年で滅びる世界を一〇年は延命できる。

ヤオサカには少しでも長く幸せに生きていてほしい。

そのために私は全ての艱難辛苦《かんなんしんく》を背負おう。

世界が塗炭の苦しみに喘いでも、君一人が幸せであれるならば。

ハフティーは命を賭《と》し、生涯を賭《か》けて、魔王に遅延戦法を仕掛け続ける。

ハフティーの武器はその頭脳で、特技は賭けだ。

特に城塞都市レダチクではそれが最大限に発揮された。

城塞都市レダチクを守る守備隊に複数ルートから虚報を流し、攻め込んでくる魔王軍にも虚報を流し、巧みに分散誘導する。

ハフティーの見立てでは、城塞都市レダチクは一〇日前後で陥落するはずだった。

三万の守備隊はその八割が失われ魔王軍に吸収され、残り二割は逃げ延びて後方で態勢を立て直す。

対して魔王軍は損害と兵力吸収が釣り合い、勢いを落とさず進軍する。

だからハフティーは賭けに出た。

ハフティーが人類軍に堅実な作戦を献策すれば、三万の寡兵をもって一〇万の魔王軍を確実に削れただろう。

だが三万で五〇万をとなると、不可能だ。

だから人類軍三万の皆殺しと引き換えに、魔王軍三〇万を削る。これがギリギリ成功率一割に届く最大限。

かくして裏に表に策謀を巡らすハフティーに踊らされた人類軍と魔王軍は、作戦の上では人類軍の圧倒的有利、数の上では魔王軍圧倒的有利の凄惨な大衝突を起こし、見事に人類軍三万と魔王軍三〇万が死に絶えた。

一部の市民が逃げ延び、ハフティーは人類の裏切り者だと声高に叫び出したが、織り込み済みだ。

一般市民は攻め込まれ自分の命が失われるかという恐怖の中で、津波のような魔王軍の数を正確に数えられはしない。「いっぱい攻めてきて、頑張って奮戦したけど、ハフティーというやつの甘言のせいで逃げられなくていっぱい死んだ」という程度の浅い理解が精々だ。

無知からくる悪評すらも利用し、ハフティーは独り魔王軍に抗う。

何万何十万という命を懸けたアツい賭けをしているのに、ハフティーは全く面白くなかった。

隣にいつもいた親友がいないというだけで、心は冷え込み固まってしまう。

自分がうまくやればやるだけヤオサカのためになる。それだけが心の支えだった。

想定よりも魔王の動きが鈍いおかげで、ハフティーは短い間に激戦地を転戦し、悪評と大戦果を稼ぐことができた。

魔王は何かしらの問題を抱えているようだった。

荒野の影は瞬間移動して自分たちの前に現れたが、不老不死の霊薬が完成しても様子を見に来ないし受け取りにも来ない。

瞬間移動能力を喪失したのか？　それとも使用には制約があるのか？

さらに、あの荒野でいろいろな情報を知っている様子を見せたが、何もかもを知っているわけではないらしい。ハフティーの計略が読まれることもあれば、読まれないこともある。

本人の言う通り全知全能ならぬ半知半能なのか。その欠点を埋めるために不老不死を求めているのか？

思考は冷徹に研ぎ澄まされ、効率だけを見て動く。

賭けを楽しむだけの余裕も失い、ただ、ただ、ヤオサカのために。

一生を負け戦に捧げる覚悟だった。

二度と会えないと思っていた。

だというのに、ある日ヤオサカは現れた。

私を追ってきた。

私を心配して、私のために！

こんなことが起きてはいけないのに。

彼が私のために私のところへ来てくれた、それがたまらなく嬉しい。

そしてその隣で親友にデカい乳を押しつけ彼女面をしている旧友に脳が破壊された。

ウワーッ!?　友人に親友を盗られた！！！

「お、お、お前ーッ！　貴族の誇りに懸けて守り抜くと書いて寄こしただろう!?　し、信じたのに！　ヤオサカをそのいやらしい体で誑かすのが貴族の誇りだったのか!?」

許さないぞ、ウル！

第六話　合流

高額指名手配がかかったハフティーの目撃情報はやたら多かった。北で南で、大都市で辺境で、世界各地での目撃談が噴出していた。

目撃談が全て本当ならハフティーが同時に一〇人ぐらい存在することになってしまう。ウルは「分身魔法でも使っているのでしょうか？」と混乱していたが、それは違う。虚報をバラ撒きまくっているだけだ。あいつはすぐそういうことするからな。

幸い俺はハフティーのやり口を知っているから対処できた。数ある目撃情報の中で一番嘘臭い荒唐無稽な情報を選んで辿り追跡していくと、ほどなくして捕まった。

やはりというべきか、ハフティーは賭場にいた。

都市間の中継地点として栄えている宿場町は憲兵が多かったが、地下下水道網の一画に設けられた違法賭博場にまでは目が届かない。

賭場は狭くて薄暗かったが、どこかから新鮮な空気が入ってきているようで臭いはさほどでもない。下水の臭いより賭けに熱中する男たちの汗と加齢臭のほうがよほど気になった。

そんな中でハフティーは死ぬほど目立っていた。赤髪だらけのこの世界で、金髪は超目立つ。それが美少女な上高額賞金首となればなおさらだ。

賭場入口で番をしていた巨漢に心付けを渡し中に入り、俺たちがハフティーを見つけるのと同時にハフティーも俺たちを見つけた。

そしてパッと花開くように笑顔になり、笑顔は一瞬にして驚愕に代わり、絶望と怒りと混乱が入り混じったすごい形相に変わった。

「お、お、お前ーッ！　貴族の誇りに懸けて守り抜くと書いて寄こしただろう!?　し、信じたのに！　ヤオサカをそのいやらしい体で誑かすのが貴族の誇りだったのか!?」

ハフティーは喚き散らしながらむさくるしい男たちをかき分けやってくると、ウルの胸倉を掴んで食ってかかった。何やらブチ切れている。

なんか思っていた再会と違う。

わざわざ手の込んだ策を講じて遠ざけた俺がノコノコ来たのだから叱られるかもとは思っていたが、怒ってはいるけどそういう雰囲気ではないような？

ウルに詰め寄るハフティーが立て続けにぶつける罵声は早口過ぎて半分以上聞き取れない。俺はすごい剣幕のハフティーをバツの悪そうなウルから引きはがし、聞き取れた範囲で確認した。

「落ち着け、ちょっと待ってくれ。なあウル、俺を誑かしてたのか？」

「い、いいえ。なんのことやら」

「だよな。良かった。ウルが俺を騙すわけないもんな」

「た、誑かされてるーッ！　この女ーッ！」

ハフティーは震える指でウルを指し半泣きで叫んだ。

うるせえ。ちょっと見ない間に情緒不安定になったなおい。

大騒ぎするハフティーは違法賭場中の視線を集めてしまい、用心棒らしい隅に立っていた強そうな男が面倒そうに壁から背を離した。

おっとお兄さん、面倒事は御免だって顔してますね。俺も俺も。

ここにはハフティーを探しに来ただけなんで、賭場を荒らそうなんてつもりはこれっぽっちもないんですよ。

だからウルは殺される前に殺して差し上げましょうの顔ひっこめてくれ。過敏過ぎる。

「ウル、殺すな。ハフティー、いったん出よう。ここじゃゆっくり話せもしない」

「何を話すことが？　なあヤオサカ、この女に何を吹き込まれたか知らないが、」

「俺は『ハフティーが三つ数えてもまだこの賭場にいる』ほうに銀貨一枚賭ける。いーち、にーい」

言葉を遮り急かすと、ハフティーは反射的に賭場から飛び出した。

ウルは剣に手をかけた用心棒に鋭い威嚇の一瞥をくれてから、俺の背を押して後に続く。

振り返ると用心棒はゆっくり壁に背を戻していた。

あぶねぇ、セーフ。誰も追いかけてこないところから察するに、ハフティーはまだ賭場に潜り込んだ直後だったようだ。

一度でも賭けていれば大負けした奴が縋り付いてくるか、大負けしたハフティーを追ってくる奴がいるかどっちかだからな。

違法地下賭博場の外で俺が銀貨を一枚投げ渡すと、まんまと引っかけられたハフティーは渋い顔でキャッチした。ウルに背を押され、薄暗い下水道のトンネルをランタン灯りを頼りに歩く。

勢いを挫かれたハフティーは多少冷静になり、ウルに睨みを利かせながらも大人しくついてきてくれている。手に入れた銀貨を大切に懐に仕舞い込むのも忘れていない。

ああ、懐かしい。ハフティー、久しぶり。ハフティーとの旅が戻ってきたって感じだ。

「ハフティー、久しぶり。元気してたか？　病気とかしてないか？　俺がいない間夜の街で遊び惚けてただろ、目の下のクマひどいぞ」

「……今日からはぐっすり眠れるさ。君が来たからね。余分なのも一人くっついてきたようだが」

ハフティーは俺に微笑みかけ、一転ウルに皮肉を浴びせる。

ウルは居心地悪そうに背を丸めて弁明した。

「貴族の誇りに懸けて守り抜くと誓ったのは本当です。だから私はヤオサカを無事ハフティーのもとに届けるために同行したのです。信じてください、他意はありません。あと、くっついてきたのは二人です」

「……まあ、ヤオサカを守ってくれていたのは本当だろうけど。下心については怪しいものだな。どうせもう一人のくっつき虫もヤオサカに擦り寄って変態じみた性癖を爆発させているのだろう？　容易に想像がつくよ。まったく私がついていないとすぐこれだ」

ハフティーは下水の悪臭がする水をできるだけ撥ねないように慎重に歩きながらブツクサ言う。

「まあまあ、そうツンケンするなよ。ウルはいい奴だ。信じていい。荷担も、あー、もう一人の旅の仲間も……いい奴かはとにかく無害な奴だ。信じていい」

「自分を奴隷堕ちさせた女を信用する男の言葉は信用できないな」

ハフティーの言葉はキツいが、顔はちょっと笑っていた。

「俺を安全なとこに置いておくためだったんだろ？　確かに危ないからここにいろって言われてもついてったから回りくどい手使ったのもわかる、けど、それならそうと言ってほしかったな」

「意図を正直に言うなら回りくどい手を使う意味がないだろう……ウル、君がこんなに口が軽い女とは思わなかった。全て話したな？」

「しかしハフティー。彼のいない日々は辛かったでしょう？　貴女は誰よりもヤオサカと会いたかったのではありませんか」

「…………ぐぅ」

ちくちくウルを刺していたハフティーからぐぅの音が出た。

ぶすくれて静かになったハフティーの頭をウルは微笑ましそうに撫でる。

うむ、うむ。仲直りしてくれたようで何より。友達がギスってるとケツの座りが悪いからな。

「よし。じゃ、宿取ってあるからそこでゆっくり話そう。俺たちもいろいろあったけど、ハフティーもいろいろあっただろうし。下水の出口で荷担が着替え持って待ってるから、そこでくっせぇ靴と服着替えて地上に出て宿に直行だ。いいだろ？」

「いいだろう。荷担というのはどんなクズだ？」

「おい、クズって決めつけるなよ」

「ハフティーハフティー、この件に関しては驚くべきことにヤオサカが正しいですよ。ええ、そんな馬鹿なと思いますよね？　でも彼はとても変わっていますが悪人ではありません。話せばすぐわかります」

下水道から地上につながる縦穴にかけられた縄梯子の前で、荷担がランタンを振って俺たちに合図しているのが見え、俺は手を振り返した。

縄梯子前で全員が合流し、汚水が染み込んだ靴と外套を着替える。

ハフティーは初対面の荷担と完璧に取り繕った愛想の良さで握手した。

「やあやあ、私はハフティー。放浪の民だ。君はヤオサカの旅を助けてくれていたんだってね？　名前を聞いても？」

「荷担と呼んでくれ。ほら、着替えだ」

「ありがとう……ああ、これはなかなか作りのいい靴だ。大変な長旅だったろうに、これだけの品を確保するのは手間だっただろう？　荷担はなぜヤオサカの旅に同行を？」

「ヤオサカが好きだからだ」

「!?」

「こっち見んな！　同性愛者じゃないぞ。俺が結婚して子供作って大家族になるとこ見たいんだってさ」

「なんだ、なるほど……なるほど？」

ハフティーは納得しかけたが、内容の奇妙さに気付き困惑して荷担を二度見した。

荷担は純粋そのものの瞳でハフティーを見て言う。

「ヤオサカの子供が、子孫が、あまねく大地に満ちるところが見たい。そのためにヤオサカをこうして見守り、ときに助言している」

「そ、そうか……」

「ヤオサカ、ハフティーと結婚するのはどうだ？　オススメだ。今のハフティーのヤオサカへの好感は『世界一愛してる』だな。結婚すれば間違いなく健やかなるときも、病めるときも、喜びのときも、悲しみのときも、富めるときも、貧しいときも、ヤオサカを愛し、これを敬い、これを慰め、これを助け、その命ある限り、真心を尽くす。優良物件だ」

荷担の胡散臭い下世話な批評を聞いたハフティーは絶句した。

束の間唖然として荷担をまじまじ見ていたが、我に返って俺たちに背を向け、異臭のする服を着替え始める。

「まさか旅の間ずっとこの調子で？」

「そのまさかなんだよなあ」

「ヤオサカが結婚して子供を作ればやめるが？」

「やめるが？　じゃねぇよ」

恋バナとセクハラの境界線を行ったり来たりしやがって。ちょっと面白いけど気まずいんだよ。特に親友の批評なんてされるとモニャる。

モニャモニャしながら着替えおわると、女性陣も上着を替えおえていた。

まだまだ話したいこと話すべきことは多いが、何はともあれこんな臭い地下下水道にいつまでもたむろしていられない。

俺は湿った縄梯子を掴んで登り、地上に顔を出した。

下水道入口は街に流れる小川にかかる橋下にある。昼日中の川べりはよく日に照らされ、奴隷に日傘を持たせ散歩している貴婦人や土手に寝そべって雑談に興じている人々で賑わっていた。

牧歌的で平和な光景だ。

……雑談している人がハフティーの手配書を持って熱く論じていなければ。

俺は続いて登ってこようとしていたハフティーに手振りで戻るよう合図し、そーっと臭い地下下水道に逆戻りした。

ハフティー、お前のことは信じてる。

ここに辿り着くまでに散々耳に入ってきた悪い噂なんて半分も信じちゃいない。

お前は賭けカスだけど、俺の親友だ。

でもちょっとお話を聞かせてもらおうか？　今ここで。

臭くて暗い下水道から出る前に、俺と別れてから何をしでかしていたのかハフティーに聞くと、生まれついての博徒は当たり前のように答えた。

「もちろん賭け暮らしをしていたさ。さっき見ただろう？」

「見たけど。人類の敵になったって噂だぞ」

「それは濡れ衣だね。一〇日前には一〇〇の犠牲で一〇〇の魔王軍を倒す撤退戦を、二〇〇の犠牲で千の魔王軍を倒す大博打に変えた。そういうことばかりしていると私が暗躍して兵士を死地に送り込んでるように見えるみたいだ」

「おいおい、ように見えるっていうかそのものだろ！　いやまあ聞いた感じ悪さしてるとも言い切れなそうだし、あんまりな悪評だとは思うけど。でももうちょっとなんとかならんかったのか？　こんな超高額懸賞金かけられるのはヤバいぞ。ハフティーなりに人類のためを思って頑張ってるのはわかるけどさあ、どうなってんだよまったく」

「人類のため、ね……」

「え、違うのか」

「いやまったくその通りさ。仲間外れにしたのは悪かったよ。私は世界崩壊に立ち向かう人類の救世主になってみたくてねえ」

ハフティーは何か引っかかる感じの含み笑いをして俺の脇腹をつついた。

くすぐったいくすぐったい。じゃれつくな！

「救世主どころか裏切り者になってるじゃねーか。最重要指名手配かけられてどうやって暮らしてるんだ？」

「うまくやっているんだよ。それより私はヤオサカの話を聞きたいな。ここに来るまで怪我したり病気になったりしなかったかい？　ウルに変なことはされなかったかな？」

「してませんよ!?」

即答しながらも目を泳がせているウルを不審そうに見ながら、ハフティーは心配そうに俺の体をぺたぺた触ってくる。こいつ、俺の身柄をほいほい賭けたり借金のカタに持っていかせたりする割にすごい俺の心配してくれるんだよな。

売り飛ばしても必ず取り返してくれるし。優しい。

「大丈夫大丈夫、怪我一つないから。聞いてくれよ、ウルがもう旅の間ずーっと過保護でさあ、あの人は危ない人だからついていっちゃいけませんとか、その人から離れてこっちに来なさいとか、くどくど言うんだよ。お前は母さんかっていう。俺は子供じゃないんだぜ？　危ない人ぐらい見ればわかるっつーのに。なあ？」

「ウル？」

「ハフティーの想像通りです」

「私の代わりにありがとう」

「いえ。私がそうしたかったからそうしたまでです」

二人は固く握手を交わした。

なんだよー、ハフティーまで過保護母さん《ウル》の味方かよ。

大体、世の中に注意すべき悪人なんて滅多にいねぇよ。みんないい人ばっかりだし、悪そうな人だって話せばわかる。ハフティーとか、ウルとかね。

気にし過ぎだと思うんだけどなあ。

「なんか納得いかないけどまあいいか。俺たちの旅の話だったよな？　ウルが神経質だったこと以外は特に何も、ああそうだ。俺、霊薬作れるじゃん？　めっちゃうまく早く作れるようになったぞ！」

「へえ？　どうやって？」

「ウルの屋敷に昔泊まってたすごい魔法使い？　が残した覚え書きを解読した。これがすごいんだよ、全ての魔法現象の本質をグッて抑えてる超高度な魔法理論で！　すげー魔法使いもいるもんだなって感心したよ」

あの魔法理論構築は紛れもない天才の所業だ。

不老不死の霊薬作りもこの理論をもっと早く知っていれば製作時間半分で済んだだろう。

「高度な魔法理論……解読は難しかったかい？」

「めちゃムズだった！」

「ヤオサカが難しいと言うなら、大魔法使いトーマスか賢者ベダッケン、呪い喰らいリリリ辺りの理論だろうね。それで？」

「霊薬めちゃ作れるようになったから、作りまくって使いまくって旅を急いだんだ。ハフティーがなんかヤバいことやってる噂は嫌ってほど聞こえてきたし、心配だったからさあ。ただ、かなりハイペースで霊薬乱造しまくりながらここまで来たから、俺の形而上成分枯渇しちゃったんだよな。いくら高効率の霊薬生成法があっても材料がなけりゃ一滴も作れん」

そう。俺は今魔力《MP》が足りない状態にあるのだ！

今の俺はなんもできん置物だぞ！　介護してくれ！

ハフティーは微笑んだ。

「なるほど。随分苦労してここまで来てくれたようだね。その新しく身に付けた霊薬生成技術は私の魔力を使ってはできないのかい？　私もヤオサカと同じ魔力を自己生成できる特異体質だ。枯渇したヤオサカの魔力の代わりになれると思うのだけど」

「それは、あー、複雑な魔法理論の話になるんだが」

「ざっとでいい。聞かせてくれ」

頼まれて、俺はハフティーに霊薬理論について概略を話した。

話し始めて早々に暇そうに手遊びを始めたウルと荷担をまるで気にした様子もなく、ハフティーは時折頷きながら新しい知識を吸収していく。

言われた通り概略だけ話しおえると、ハフティーは不可解そうに首を傾げた。

「待ってくれ。哲学的思考実験によって設定した逆理《パラドックス》が実際の現象に完璧に符号するのはおかしくないかい？　それでは公理と定理が同一だということになってしまう」

「いいところに気付いたな。それが面白いところなんだ。実のところ俺が知ってるパラドックス理論の全てが形而上学的霊薬生成に適用できるわけじゃない。一見パラドックスとして成立しているように見えて、実は不成立であるとわかっている偽物のパラドックスが霊薬生成にマッチする例もあるし、逆にパラドックスの代表例が霊薬生成になんの影響も及ぼさない例もある。哲学的なパラドックス問題は霊薬生成理論との類似性を持っているだけで、等価ではないんだな。そのギャップの理由を究明できれば俺の霊薬生成理論は間違いなくもう一段階上に行けるけど、そこまでいくともう神の御業の域だし、難しいのなんのって」

「ふむ。ヤオサカが難しいと言うほどの難題なら私では歯が立たないね」

「そうかぁ？　そんなことないと思うけど。ウルはどう思う？」

「二人が何を話しているのかすらわかりません」

「荷担はどう思……荷担はいいや」

「霊薬の研究をしても妻は持てないが？」

「いいって言っただろ」

こいつぜってー世界が終わってもこの調子を貫くんだろうな……

毒にも薬にもならない荷物持ちだが、そこのとこは誰よりも信頼できる。

「まあとにかく、霊薬についてはそういう理屈だ。ハフティーの形而上成分を使えば霊薬は作れるけど、量は減るし時間も余計にはかかるかなってところ」

「わかった。では、宿に着いたら私の魔力で霊薬生成を頼むよ。霊薬は便利だ。荒野の影に不老不死の霊薬を届ける旅を続けるにせよやめるにせよ、この先必ず必要になるからね」

「それはそう。でもどうするつもりだ？」

「何がだい？」

ハフティーは下水道から地上に出る縄梯子を掴んで首を傾げる。

「上にお前の手配書持った人たちがいっぱいいいたぞ。表を歩いたら一発だろ」

「心配要らない。フードを被るし、何よりも――」

ハフティーはそこで言葉を切った。

同時に鼻を摘まんで下水の異臭に耐えていたウルが目つきを鋭くして下水道の奥を睨み身構える。

「どうした？」

「静かに。私の後ろへ」

ウルの頼れる細い背中に匿われ、俺は言われた通りお口にチャックをした。

ほどなくして下水の奥にゆらゆらと灯りが見え、水音を響かせ一人の男がやってきた。

猫背でボロボロのフードを目深に被り、小汚い継ぎ接ぎのボロ服を着てはいるものの、肌に日焼けもシミも汚れもなく、爪だって綺麗なものだ。

変装へたくそか。俺でも貧民のフリしてるいいトコの人だってわかるぞ。

しかもランタンは持っていないが、頭上に人魂のような揺らめく火の球が浮いている。

魔法使いだ。

ランタンで事足りるだろうにわざわざ魔法で灯りを確保しているってことは、魔力確保にかかる費用を意に介していないということ。コイツ、金持ちだな。

「ハフティー様」

近くまでやってきた男はウルに手で制され立ち止まり、ハフティーに深々と頭を下げた。

俺たちの様子を注意深く窺ってきたが、ハフティーが顎で促すと声を潜めて口を開く。

「御下命通り、北門の番兵を我々の息のかかった者に換えましてございます」

「そうか。御苦労」

「痛み入ります。それで、僭越ながら……」

「魔王様にはお前を見逃すよう口添えしておく」

「あ、ありがたき幸せ……！　他に何か御用命ありましたらなんなりと……！」

「今はいい。下がれ」

「は」

男はハフティーにまた頭を下げ、また下水道の奥へ戻っていった。

男が浮かべる魔法の灯りが見えなくなってから、そーっとハフティーから俺を庇う位置に移動していたウルが血相を変えて詰問した。

「やっぱり人類を裏切っているじゃないですか⁉　魔王と内通しているんでしょう！」

「いやいや、とんでもない。あんな影が立ち上がったような不気味で胡散臭い奴と仲良くなんてしていない。利用しているだけさ」

「利用？」

ウルは困惑して目を瞬く。

ははあ。二人は長い付き合いと聞いているが、まだこのカス女のやり口を理解しきれていないらしい。

コイツはね、こういうことするヤツですよ。人脈作りが得意なのだ。

ハフティーはいけしゃあしゃあと言う。

「そう、利用。実態はどうあれ私は人類の敵になった。魔王に与して、生きとし生ける者全てを裏切った大罪人だ。でも、それは魔王にとっては味方だということだろう？　魔王に擦り寄って自分だけは生き延びようとする薄汚い奴らにとって、私は魔王にとりなしてくれそうな救世主なのさ。奴らが信じたい都合のいい言葉を囁いてやれば簡単に操れる」

「本当ですか……？」

「もちろん。信じてくれていい。敵ができれば必ず味方もできる。世渡りの基本だよ」

ウルはいまいち信じ切れない顔をしていたが、こういうコネがなければあの賭場で私が無事にふんぞり返っていられたはずがないだろう？　というもっともな言葉に納得した。

「詰所の衛兵も何人か抱き込んである。捕まっても籠絡した衛兵に当たれば逃げられるさ」

「詰めてるのがみんな籠絡できてない衛兵だったらどうするんだよ」

「ふふふ。処刑だね」

「ひゅーっ！　えげつない賭けっぷりだな。見習いたくねぇ～」

俺たちは爆笑して肩を叩き合ったが、ウルは「私がしっかりしなきゃ」という顔をしていたし、荷担は「衛兵に女はいるかな」という顔をしていた。

まあ笑いのツボは人それぞれだ。

改めて俺たちは縄梯子を上り、下水道を出た。

日は既に傾き、地上に這い出した俺たちに長い影を投げかける。

ハフティーは何気ない様子で周囲を見回し、ウルは最後尾の荷担が投げ上げる荷物を受け取っている。

俺はあくびをしながら伸びをした。地下で話し込み過ぎたな。宿に着いたらまず飯にしよう。

ハフティーは人類の救世主になりたいみたいだけど、俺は不老不死の霊薬を配達してしまいたいし……同時にできたりしないかな。そのへん含めて、飯を食いながらじっくり話し合おう。

下水道から最後に荷担が這い出してきて、全員揃う。

俺はハフティーを宿に案内しようとして、様子がおかしいことに気付いた。

いやハフティーは常に様子がおかしい変な奴だが、目ん玉をかっぴらいて荷担を見ている。

正確には荷担の足元か？

「ハフティー、どうした？」

声をかけるが、ハフティーは無視した。

緊張を隠しきれていない声音で言う。

「荷担」

「ん？」

「君に影がない理由を話すんだ。荒野《まおう》の影とどういう関係だ？　今すぐ白状しろ」

詰め寄られた荷担はすっとぼけているようにも聞こえる答えを返す。

「影がない理由は知らん。生まれたときからこうだったからな」

「ほう？」

ハフティーはまるで信じていなさそうに相槌を打った。

いや、たぶんそれ本当だぞ。荷担は初めて会ったときからずっと自分の影について全然隠してないし。

俺は荷担と出会ってすぐに影がないことに気付いていた。

朝日を浴びても、夕日が差し込んでも、燭台に照らされても、荷担に影はできない。

でもそういうこともあるよな。

なぜってこの世界には魔法があるから。

青や緑や紫やら色鮮やかだった髪色が赤一色に塗り替わる不思議な奇病が流行ったこともあるぐらいだ。影がなくなる病気？　もあると思います。知らんけど。

影がないのは不思議だけど、無害だ。何も困らない。

だからずっと触れずにそっとしていた。本人が気にしてたら話題に出されるだけで嫌だろうしね。

しかしハフティーは違った。

影を持たない荷担がまるで獅子身中《しししんちゅう》の虫であるかのように警戒心を剥き出しにして後ずさる。

「正直に答えるんだ。君は魔王とつながっているな？　何が目的でヤオサカに近づいた？」

「ヤオサカが気に入ったからそばにいるだけだ。ヤオサカが結婚し、子を儲け、その一族が増えあまねく地に満ちるところを見届けるために、」

ハフティーは荷担の戯言を最後まで聞かず、マトモな会話ができそうな友人に水を向けた。

「建前はいらない。ウル？」

「ご、ごめんなさいハフティー。彼の真意はわかりません。今この瞬間まで影がないことにすら気付きませんでした」

うっかり屋のウルが眉尻を下げしどろもどろに言う。

ハフティーは眉を吊り上げた。

「一緒に旅をしていたのだろう？　その前は君の家の奴隷だったというじゃないか。気付かなかったなんてことはないだろう」

「本当です、本当に気付かなかったんですっ！　私は注意力がなくて、目の前の怪しい人にすら気付けないいなんのとりえもない無能でぇ……！」

「いや、とりえはあるさ。ウルは人殺しが得意だろ？」

半泣きのウルの肩をもって慰めると、ハフティーは不機嫌そうに舌打ちした。

それから荷担に尋問を続けようとして、集まり始めた野次馬に気付く。

フードを目深に被って顔を隠していても、ハフティーの可愛らしい声は耳目を集める。半泣きのウルもまた、土埃で薄汚れた旅装に身を包んでいてもなお如何にも貴族らしい気品を隠しきれていない。

そんな魅力的な女性二人が男を間に挟んで何やら言い合いをしているとなれば、嫌が応にも注目されてしまった。

ハフティーはイライラとフードの端からこぼれた目立つ金髪を胸元に押し込む。

「場所が悪いね。ここで話す内容ではない、何はともあれ宿に……待てよ？　ヤオサカ、宿を取ってあると言っていたけれど。宿取りをしたのは誰だい？」

「荷担」

「今すぐ街を出よう。そいつを置いて」

何やら危機感を刺激されたらしいハフティーは、俺の手をとって駆けだした。

小柄なハフティーの小さな手が全力で俺を引っ張る力は愛玩用の小型犬でももうちょっと力強いだろうという程度のものだったが、昔ハフティーに賭けで負け愛妾を手放すハメになった貴族がイカサマに気付き烈火の如く怒り狂って騎兵隊を差し向けてきたときよりも切羽詰まった様子だったので大人しく従う。

今ってあのときよりヤバいのか。マジで？

荷担が今更宿に罠を仕掛けるとは思えないけど。

目立つ往来から入り組んだ裏路地に入り、壺や植木鉢を蹴飛ばしながら走るハフティーは非難がましく俺をたしなめた。

「さすがに警戒心が足りないよ。荒野の影を、魔王を忘れたかい？　影を持たない荷担と、影が動いている魔王。何か関係があると推定して然るべきだ」

「いやそういう病気かも知れないし」

「そんな病気は聞いたことがないね」

「ハフティーが知らない病気なんていくらでもあるだろ」

「既知の事実で説明がつく推測を、未知の事実を考慮して破棄するなんて馬鹿げている……はぁ、ふぅ……おわっ？」

全力疾走で早くも息を切らせ始めたハフティーを、俺たちの後ろを影のように追走してきていたウルがひょいと姫抱きにして言った。

「荷担さんが我が家に来られたのは七年前です。刑務所の中で生まれ、親代わりの仲間たちに外に逃がしてもらったと言っていました。行く宛もなく街を彷徨っていたところを哀れんだ父が拾いました。生まれはどうあれ罪がないのなら、と」

「けっこー壮絶な生まれだな。じゃあ魔王とは関係ないか」

魔王は世界の果て、永遠の暗黒から生まれたと言われている。

刑務所も属性的には暗黒みあるけど、世界の果てやら永遠の暗黒やら、そんな大仰な感じの場所でもない。

しかし刑務所の中であの突拍子もない性癖が育まれたと思うとスゲーな。

ウルの話を聞いたハフティーは疑り深く言う。

「七年前となるとますます怪しい。ちょうど七年前から世界はおかしくなった。髪の色が赤毛になる奇病が大流行したし、夜空から星が消えた。炎魔法以外が急激に衰退した。ヤオサカがこの世界に来たのも七年前、荒野で影と出会ったのも七年前。魔王が現れ侵略を始めたのも七年前」

ウルに抱えられながらハフティーは七年前の異変を指折り数える。

七年前にいろいろ起こり過ぎだな。摩訶不思議。

「それを考えれば七年前に現れた影を持たない荷担は怪し過ぎる。魔王の関係者である危険性を考えれば、今からでも遠ざけたほうがいい。もし全てが偶然の一致で、魔王と全く無関係の変人だったとしても、所詮はただの荷物持ちの賑やかしだろう？　いなくなったところで何も困らない。彼は彼で独り強く生きていくだろうさ」

「一理あるけどさあ」

俺は人を一人抱えて汗一つかかず隣を走るウルを横目で見た。

「危険だのなんだのって話なら、いつも人殺したくてウズウズしてるウルのほうがよっぽど危ないだろ」

「あ、死にますね。ハフティー、後はよろしくお願いします。短くも素晴らしい日々でした」

「わかった。心置きなく逝くといい」

「待て待てそういう意味じゃない！　ハフティーもわかるな！　ウルは殺人癖あるけど、自分の癖《へき》と折り合いつけてうまくやってるだろ？　だから大丈夫だって話。ケンテレトネクからここまでの旅の間だって、生死問わずの賞金首しか殺してないだろ」

「……そうですね！」

「ハフティーも賭けで何度も破滅してるけど、本当に越えちゃいけない一線は守ってる」

「そうかもね。それで？」

「荷担もヤバい奴かも知んないけどさ、なんかこう、うまくやれるだろ。俺についてきたいみたいだし、一緒に旅すればいい。なんとかなるって」

「なんとかならなかったらどうする？」

「なんとかなるほうに賭けようぜ」

ここまで間髪入れず言葉を返してきていたハフティーが始めて黙った。

俺を見て、裏路地から見える家と家の壁に挟まれた狭い空を見上げ、溜息を吐く。

「……あー、ヤオサカ？　君はたびたび私の無意味で無謀な賭けに呆れるけれど。半分ぐらいは君が煽るせいだからね。ウル、降ろしてくれ」

「賭けに乗らないと死ぬ病気でも？」

ウルは呆れながらも足を止め、どうしようもない博徒をそっと地面に降ろした。

賭博はハフティーの最悪の悪癖だ。でも最高なところでもある。

俺たちは裏路地から表通りの様子を窺いながら息を整えた。

「一応君の意見も聞いておこう。ウルは荷担をどう思う？　魔王の関係者だと思うかい？」

「誰であれ、ヤオサカを殺そうとすれば殺して止めるまでです」

「いや殺さなくても……」

「ごめんなさい。他の方法であなたを護れればいいのですが、私はこれしかできなくて」

「これも一応言っておくけど、私はヤオサカを殺しかけることはあっても殺そうとすることは絶対にないからね。勘違いして私を仕留めようとしないでくれ」

「考えてみりゃ人畜無害な荷担よりハフティーのほうがよっぽどヤバいよな」

「一理ある」

「ヤオサカの危険な女好きには全く困ったもんだ」

あっはっは、と笑い合う俺たち三人をウルは頭痛を堪えるような仕草で見たが、ハッとして二度見した。

「三人⁉　荷担さんはいつの間に⁉」

「ん⁉　どうしてここにいる⁉」

「ヤオサカとお嬢様の荷物を預かっているからな。荷物がないと困るだろう？」

荷担はシレっと言って旅装が入った背嚢をウルに、霊薬瓶や調合器具が入った鞄を俺に渡す。鉄杭を巻き込んだずっしり重いテントや食料を詰め込んだ重い背嚢を担ぎ持つ荷担のその姿、まさに荷担。

いつも荷物持ちありがとな。助かってる。

でもちょっとホラーじみた登場だったかも。びっくりしたぞ。

「どうやってここに？　俺たちいきなり走り出したし、そんな大荷物背負って追いつける速度じゃなかったと思うんだけど」

「目を離した隙にヤオサカが恋人を決めたら悔やんでも悔やみきれない。だからずっと見守ることにしているんだ」

「君は会話ができないのか？」

ハフティーのもっともな突っ込みにも荷担はどこ吹く風だ。

諦めろハフティー。そして受け入れろ。荷担を連れ歩くということは、コレをずっと相手にするということだ。

「ふざけ倒してるけど、悪い奴じゃないだろ？」

「……まあ、世界を滅ぼす魔王の一味とは到底思えないな」

ハフティーは仕方なさそうに頷いた。

よし。

では、話はまとまったということでよろしいかな？

俺は荒野の影に不老不死の霊薬を届けるために、北へ行く。

ハフティーは人類を救おうとしている。必然的に魔王との戦いの最前線である、北へ行く。

ウルは俺を護る誓いを立ててくれている。俺と一緒に、北へ行く。

荷担は俺の恋愛模様を見届けるためについてくる。

改めて始めよう、俺たちの旅を。

◆◆◆

ハフティー曰く「不確定要素が増え過ぎたから、念のため」ということで、俺たちは街をすぐに離れて北へ向かった。

この辺り一帯は北の大山脈から流れ出る大小様々の河によって潤う広大な平地で、大規模な穀倉地帯になっている。特に川沿いは見渡す限りの麦畑。ここで収穫された穀物は北の魔王戦線へ、また南の各地に送られる。大陸の心臓部といえるだろう。

俺たちはその穀倉地帯を貫く大街道から少し逸れた森の中を歩いていた。

なんといっても『博徒』ハフティーは最重要指名手配犯。人類を裏切り魔王に与し、甚大な災禍を振りまく最悪の魔女として莫大な懸賞金がかけられている。

いくら魔王信者を誑かしうまくやっているといっても、天下の大街道を練り歩くのは賭けを通り越して自殺行為だ。だから森を行く。

どこまでも鬱蒼とした深い森の木々は空気に心地よい水気と冷たさを含ませ、時折枝葉の騒めきとともに爽やかな風を吹きかけてくれる。

厚く積もった腐葉土は踏みしめ歩くたびに独特の土と森の香りを立ち昇らせ、梢《こずえ》にとまった小鳥たちは俺たちを見て小さく鳴き交わしながら盛んに首を傾げた。

涼やかで奥深い森の息吹を全身で感じながら歩いていると、長旅の疲れも忘れるようだ。

「ウルも楽しんだらどうだ？　虫ぐらい気にするなよ」

「そうは言ってもですね。ううっ！　また……！　服にくっつくぐらいなら我慢できますが、顔に飛びつかれると……！」

隣を歩くウルは森に入ってからすぐに小枝を拾い、自分にとまろうとする小虫を片端から叩き殺していた。叩き殺すというか威力が高過ぎて塵になっている。

虫が嫌いとはね。戦い慣れた筋骨隆々の大男を素手で一撃必殺できるといってもやっぱりなんだかんだ箱入りお嬢様なんだな。

虫を嫌がる一撃必殺お嬢様は可愛いなあ、とほのぼの見ていると、後ろから荷担に肩を小突かれ、小声で囁かれた。

「で、ヤオサカはどっちにするんだ？」

「何が？」

小声で返すと、荷担は最高にウキウキした調子で続けた。

「目の前に結婚適齢期の女が二人いるだろ？　どっちにするか決めれば仲を取り持ってやるぞ」

「いやいやいってそういうのは。そもそもお前が取り持つのは無理だろ」

「どうしてだ？」

「お前、二人にドン引きされてるぞ。胸のサイズとか尻のサイズとか体重とか、全部知ってるから」

しかもそれを二人の目の前で俺に暴露するから。

どういう神経？　やべーよお前。

「女を選ぶ上で重要な要素だろう。二人の体型聞いても興味ありませんって顔をしていたがちょっとエロいなとは思っただろう?」

「…………」

否定《うそ》を言えずにいると、荷担はここぞとばかりに肩を組んできた。

「隠すな隠すな。ヤオサカは尻派か? 胸派か?」

「どっちでもない。俺は好きになった女が好きだよ」

「優等生ぶるなッ! 言ってみろ。ハフティーとウルお嬢様、どっちが好みなんだ? ん? 正直なところ、ここだけの話。小声でいい、な? 聞かせろよ。秘密にするから」

「ちょ、やめろよ。やーめーろーよ! そんなグイグイ来るな!」

脇腹を小突きながら尋問され困っていると、単眼鏡と地図を片手に先頭を歩いていたハフティーが立ち止まり振り返った。

「今日はここまでにしよう。そろそろ日も暮れる。ウル、薪を集めてきてくれ。私が料理の準備をするから、ヤオサカは天幕を。それと荷担。ヤオサカの恋愛窓口は私だから、そういう話をするときは私を通すように」

「ハフティーがヤオサカの妻になれば配慮しよう」

「言うねえ。どうだい? ヤオサカ」

「荷担の言うことは無視しろハフティー。こいつ俺の恋バナできゃっきゃしたいだけだから」

重篤な恋バナきゃっきゃ勢には困ったもんだ。ここまで恋愛方向におかしい振りきり方をしてる奴は滅多にいないぞ。そういう意味では貴重な人材か。

　ハフティーの号令を聞いたウルは散発的に飛びついてくる虫にびくびくしながら薪を探しに行き、荷担はその手伝いで森の奥へ消える。

　俺は言われた通り天幕の準備に取り掛かった。えーと、まずは腐葉土から突き出した根っこの凸凹を隠すように葉っぱと小枝を敷き詰めて平らにして、と。

　野宿の成否というものは、心地よい睡眠がとれるかどうかにかかっている。

　寒けりゃ眠れないし、腹が減っていても眠れない。周囲が危険に溢れていても緊張で眠れないし、もちろん凸凹のある硬い地面に寝転がっていても痛くて眠れない。

　野外での快眠の成立には、野宿に必要な全ての要素が詰まっているのだ。

　ゆえに睡眠の要である天幕立ては大役と言えるだろう。腕が鳴るぜ。

　俺がせっせとみんなのぐっすり睡眠のために地面を均していると、大木に背を預けて座り込み膝にまな板を載せて肉と野菜を切っていたハフティーがのんびり話を振ってきた。

「こうして君と野宿するのも久しぶりだね」

「ああ。旨い飯頼むぞ。聞いてくれよ、ウルの料理はマジでひどくてさあ！　いやアレが普通なんだろうけど、好みがさ、やっぱりさ。わかるだろ？」

「スープもパンも砂鉄と油でギトギトかい？」

「そう！　工場でネジでも食ってる気分になるぜ。たまったもんじゃないよな？」

　苦笑したハフティーがナイフの背で岩塩を削り、水を張ったスープ鍋に入れるのを見て心底安心する。

それぞれ。やっぱ料理には塩ですよ。世の中の料理のスタンダードが水の代わりに油、塩の代わりに砂鉄というのがいまだに信じられない。

俺やハフティーが食べると一発で腹を下す重量級の食生活を送っているだけあって、鉄と油の料理を旨そうに食う一般大衆はどいつもこいつもパワフルだ。特にウルは図抜けている。

熊を片手で捻り潰すウルの超絶身体能力には憧れるが、吐き気に耐えながら砂鉄と油を喰らってパワーをつけようとはちょっと思えない。

みんな胃袋が丈夫過ぎる。それとも俺とハフティーの胃腸が弱いだけか。

「覚えているかい？　ヤオサカが前に霊薬で味覚を変えて食べようとしたときは……ああそうだ。急かすわけではないけれど、霊薬はどうする？　この先の旅には必ず必要になる。確かヤオサカは魔力が尽きてしまったと言っていたね。私の魔力でも霊薬は調合できるんだろう？」

「できる。けど、大量生産はできないな。成分のバランスがちょっと」

眼鏡を通してハフティーが持つ形而上成分を視る。

俺の形而上成分は多種多様な成分が均等に混ざっているが、ハフティーの形而上成分はかなり偏りがあった。

「うーん。ハフティーの形而上成分って接着剤が多いんだな」

「接着剤？」

「俺も新しい霊薬理論を修得してからやっと細かい区別がつくようになってきたんだけど、霊薬っていろんな形而上成分を材料にするじゃんか。『怒り』とか『冷たさ』とか『楽しみ』とか『癒し』とかさ」

「そうだね。私もその眼鏡をかければ魔力に種類があるのは視てとれるよ」

ハフティーは輪切りにした根菜をスープ鍋に滑らせながら頷いた。

「そうだった。じゃ、前に自分を視たときに視えたと思うんだけど、ハフティーが持ってる形而上成分ってすげー偏ってんの。暖かい感じがするやつかい？」

「ああ、覚えがある。暖かい感じがするやつかい？」

「そうそう、それ。霊薬を調合するときって絶対につなぎに使う接着剤成分があるのな？　普通、種類の違う形而上成分ってくっつかないんだけど、その接着剤を使えばくっつくわけ。それがその暖かい感じがする形而上成分なんだ」

「へえ。私は接着剤に溢れた接着剤人間というわけだ」

「うん。まあ、接着剤っつーか『愛』の形而上成分なんだけどな」

「…………」

ハフティーの包丁が止まった。

「本来くっつかないものを、愛だけがくっつけて霊薬《かたち》にできる。なんかロマンチックだよなあ。言ってて小っ恥ずかしくなるけどさ」

「……確認しておきたい。魔力が視えているだけで、心が視えているわけではないんだね？」

「当たり前だろ？」

「良かっ」

「ただし原理的には普段の生活とか経験とか感情が生成する形而上成分の種類に大きく影響する。だからハフティーの生き様は愛に溢れてるってことになるな」

絶句したハフティーは一瞬顔色を失い、それからだんだん顔を赤らめていった。

包丁を置いて上着の袖を指先で弄り、頬を染め、モジモジしながら恥ずかしそうな上目遣いで俺を見つめてくる。

え、なんだどうした？　すっごい熱視線じゃん。

「なに照れてんだ？　ハフティーが賭けを愛してるのは知ってる」

「…………………………そうだね。そうだとも」

ハフティーはクソデカ溜息を吐いてまた包丁を動かし始めた。肉を削ぎ切りにする手つきが気のせいか荒っぽい。

やべ、なんか解答ミスったみたいだな。待て誤解だ。俺はハフティーのことをちゃんとギャンブルに脳を焼かれたカス女だと思ってるけど、それだけの女じゃないってのも知ってるぞ。弁解させてくれ。

「俺に向けた親愛も込みのクソデカ愛情なんだよな、わかってる。あ、いや、やっぱ今のなし忘れてくれ超キモかった」

「ふ。残念だったね。一生忘れてあげないよ」

「ウワーッ！　くっそ、口滑った！」

物の弾みで黒歴史を作ってしまい悶える。しかしハフティーは愉快そうに笑っていた。

ま、まあそれならいいか。ハフティーが嬉しいなら俺も嬉しいよ。

話に花を咲かせているうちに料理の下拵えと天幕設営が終わり、折り合い良く薪拾い組も帰ってきた。

俺たちは四人雁首《がんくび》揃えてみんな魔法が使えないから、魔法使いが炎魔法ボンッ！　ですぐ済ませる作業もなかなか大変だ。

薪を準備し、小枝を削って焚きつけを作って、火打ち石で火花を飛ばして着火。火種を少しずつ大きくして太い薪に火をつけてからやっと調理に取り掛かれる。

料理担当ハフティーは手慣れたもので、俺とハフティー用の鉄&油抜き料理をまず作り、ウルのために砂鉄と油を追加でぶちまけた皿を用意した。

俺の好みに合わせて作ってくれた具材たっぷりスープを啜っていると、自分のスープを上品に口に運んでいたウルがこっちを見てしょぼんとする。

「ど、どうした？」

「ヤオサカが美味しそうに食事をしているところ、初めて見ました……料理下手でごめんなさい」

「いやそんなことは。ウルも、ほら、うまいよ料理。そのー、あっ！　コップに水を注ぐのとか！　こぼさないし」

元気づけるとウルは小さく笑い、革袋からコップに水を注いで渡してくれた。

ありがとう。スープと水でお腹たぷたぷになっちゃうぜ。

夕食が終わったらハフティーから魔力を貰って霊薬を調合するつもりだったが、腹いっぱいになったハフティーが舟をこぎ始めたので寝ることにする。

火の番を買って出た荷担に見張りを任せ、俺たちは真ん中に仕切りを作った天幕に入った。

ウルは仕切りの右側へ。俺は仕切りの左側へ。ハフティーも仕切りの左側へ。

ウルはびっくりしてハフティーの襟首を掴み自分のほうへ連れ込もうとしたが、ハフティーは猫のようにすり抜け毛布を広げる俺の腕の中にすっぽり収まった。

ウルはマントを丸めた簡易枕を持ったまま面白いぐらい動揺する。

「ハ、ハフティー？　どどどどどうしてヤオサカの毛布に潜り込むんですか？　男女の仕切りを作った意味は!?　なんて破廉恥な！　そういうことは井戸前の誓いを済ませてからするものですよ！」

「失敬な。私は抱き枕がないと眠れないんだ。ヤオサカは丁度いい抱き心地でね」

「そうなんだよ、こいつ子供みたいだろ？」

「女の顔をしていますが!?」

「えっ」

重大な犯罪を告発するようなウルの叫びに、胸元のハフティーの様子を確かめる。

『男女七歳にして席を同じゅうせず』という言葉がある。七歳にもなれば子供に見えても男女を意識し分けなさい、という意味の格言だ。

出会った当時の七年前、ハフティーは今よりも輪をかけて幼かった。「寒いから一緒に寝よう」という言葉を疑問にも思わず同じ毛布にくるまり、それが習慣になって今まで続けてきたが、もしかしたらマズかったかも知れない。

そうだ。あれから七年経った。ハフティーも子供じゃない。見た目はチビっこでも立派な女性なのだ。ここは距離をとって……

……と思ってハフティーを見たのだが。

きょとんとして俺を見上げるその顔は、男女の違いなんて何もわかっていない無垢で無邪気な子供そのものだった。

何が女の顔だよ。子供じゃん。

こいつ全然成長してねぇよ。あのときと同じ、色気より賭けな子供のままだ。

もちろん女ではあるし、文句のつけようもない可愛らしさだが、大人の女性には到底見えない。

「ヤオサカ、眠くなるまで寝物語を頼むよ。ふふふ」

「よっしゃ。前はどこまで話したっけ？」

「ず、ずるっこ！　この女ーッ！」

ウルは震える指でハフティーを指し半泣きで叫んだ。

うるせぇ。今から「清少納言ｖｓ紫式部～骨肉の闘い！　平安京大炎上～」の話するんだから静かにしててくれ。

ハフティーは寝物語を聞くうちにうつらうつらし始め、話す俺も意識が沈んでいく。

ああ、やっぱり友達と一緒にする旅はいい。こんなささやかな夜の時間でさえ充実している。

愉快な仲間との旅は楽しい。

でももしかしたらちょっと愉快過ぎるかもな。

第七話　オベスク事変

　みんなで朝食を済ませ、ウルが焚火に足で土を被せ消火し撤収を始める。荷担がせっせと天幕を畳んで荷造りしてくれている間に、俺とハフティーは地図を間に挟み額を突き合わせて今後の旅程を相談した。

「荒野の影は不老不死の霊薬ができたら北へ来いって言ってた。とりあえず北上しよう」

　俺は地図の現在地、大山脈南部の平野部に指を置いてグッ！　と北側地図端まで一直線になぞる。

　北へ来いって言われたから、北へ行く。簡単な話だ。

荒野の影は俺たちの命を助けてくれた。だから北のほうがいくら危険でも、命懸けで旅を行する。

これ以上ないほど単純明快な旅程だと思うのだが、ハフティーは俺の指先を摘まんでグッ！と現在地まで戻した。

「そんなに真っ直ぐ北上はできないよ。大河を渡るなら渡し守がいる場所か橋がかかっている場所を通る必要がある。山脈を越えるなら標高が比較的低く歩きやすい山道を行かなければいけない。あと、ここと、ここと、ここの街は、魔王軍に滅ぼされて瓦礫の山になっている。補給できないから別の道を選びたいね。だからこう行って……ここを抜けて……こうかな。この道順でとりあえず大陸の北の端の海峡まで行こう」

羽ペンで地図に×印や髑髏《どくろ》マークが描きこまれ、続けてあちこちふらふら寄り道しつつ大陸北端の海峡へ向かう長い旅の道筋が描かれる。

「なるほど。この髑髏つけた街ってさあ、三つはお前のせいで滅びたって聞いてるけど」

「それは嘘だね」

「だよな」

「四つ滅ぼしてる。でもその代わりに九つ以上残せてるから」

四つ滅ぼしたんかーい！　こわ。

でも九つ以上救ったのか。破壊者と呼ぶべきか救世主と呼ぶべきか判断に困る。差し引きプラスだけど、滅んだ四つの街の人たちにとっては百回殺しても殺し足りない怨敵だろうし。業の深い生き方してるなこいつ。

しかし滅びた街の配置を見ていると、随分点々としている。

魔王軍は北の果てから世界の中心へ向けて進軍中と聞いているが、虫食いのように内陸部の街がいくつか滅ぼされてる。

これはどういうことなんだろう？

そこのところをハフティーに質問すると、手癖でサイコロを弄びながら気怠そうに答えた。

「魔王と魔王軍本隊は、この大陸から海峡を挟んだ北の大陸にいる。北は完全に落ちた。今、人類軍は海峡を挟んで魔王軍本隊の上陸を死に物狂いで抑え込んでいる状態だ。上陸を許し北部沿岸に橋頭堡《きょうとうほ》を築かれたら、まあ、そのまま一気に人類は滅びるね」

「やば。じゃあハフティーはその防衛戦に参加してたのか」

「いや？」

ハフティーは首を横に振り、地図の海峡にいくつかの船団と浮き板に掴まって泳ぐ棒人間を描いた。

「船団の上陸は阻止できている。問題は散発的に海流と無関係の場所に流れ着く魔王兵だ。こういうはぐれ者を一人でも見逃すと、野盗や旅人を襲って仲間を増やし集団を作る。集団を作ると今度は小さな村を襲ってさらに仲間を増やし、軍団を作る。軍団ができたら複数の集団に別れて一帯の村を襲って回って、再集合して軍勢を作る。軍勢になったら街を襲い始めるわけだ。本隊の上陸を食い留めても、内側から食い破られたら意味がない」

「とんでもないな。魔王の兵ってそんなぽこぽこ増えんの？　一人見逃しただけで？」

「原理は私もよくわからない。洗脳魔法なのか、特殊な病原菌なのか。何はともあれ魔王軍に捕まると、魔王に忠実な兵士にされる。どれだけ魔王打倒を固く誓った勇士であってもね」

「ヒエ～！」

背筋が冷える。強制闇落ちこえぇ～！

まかり間違っても魔王軍とは戦いたくないな。

急に改心して人類滅ぼそうとするのやめて撤退してくんないかな？　無理か。

「とにかくだ。私はそういうはぐれ魔王兵を狩ったり、この大陸に潜り込み軍勢になってしまった魔王軍を潰したり削ったりしていたんだ。魔王の横槍がなければ大体成功していたね」

「すっご、英雄じゃん！」

「ふふ、ヤオサカがそう言ってくれるなら奮戦の甲斐があったよ。これからも旅の途中で処理できそうなはぐれ魔王軍を見つけたら狩っておきたいね。幸いこっちには殺戮兵器《ウル》もいるし」

靴を脱ぎひっくり返して中に入ってしまった焚火の灰を落としていたウルは、自分の話を耳聡く聞きつけきょとんとしてこっちを見てくる。

ハフティーは微笑んで手招きをした。

俺たちのところに来たウルは膝をついて目線をハフティーに合わせ首を傾げる。

「出発ですか？」

「いや。ウルにはまだ旅の目的をちゃんと話していなかったね？　君を信用して話しておこう」

「？　ありがとうございます……？　荷担さんも呼びましょうか？」

「いやいい。さて、ヤオサカが霊薬を調合できるのは知っているね？　実は最近不老不死の霊薬を調合してしまったんだ。推定、魔王の依頼でね」

「はあ」

「私たちの目的はこの不老不死の霊薬を北で待ち受けているであろう魔王に届けることだ。不本意極まるけど、私とヤオサカは魔王に命を救われている。ヤオサカはどうしても命の恩を返したいそうだ」

「はあ。なるほど」

ウルはぼんやり頷いた。リアクションうすっ！

いきなり不老不死だの魔王に届けるだの言われて困惑しているようだが、驚いている様子はない。

想像以上に反応が鈍いウルに、逆にハフティーのほうがちょっと驚いていた。

「興味なさそうだね？　不老不死の霊薬だよ？　飲めば老いず、死なず、永遠の存在になれる唯一無二の奇跡だ」

「だってそれは人を殺せなくする霊薬ということでしょう？　私はどちらかというと致死性の毒薬などに興味がありますね。毒薬の中でも眠るように死んだり麻痺を起こすものではなく、死ぬことを自覚させながら死に至らしめるものに心惹かれます。長く苦しむのはかわいそうなので一瞬にして強烈な死を呼び起こすものであれば最高です」

ウルはちょっとハイテンションに早口で語った。

うむ。好きなものについて夢中で話す女の子はいつだって可愛い。

でもその話題は俺たち以外の前で口に出さないほうがいいかもな。物騒だから。

俺とハフティーの生暖かい視線に気付いたウルは咳払いした。

「旅の護衛は私に任せてください。ハフティーとヤオサカの敵は私が殺します。たとえそれが魔王であっても」

「いや殺さなくても……」

「いえごめんなさい見栄を張りました。『相手は友人の敵だ』という大義名分を使って気持ち良くいっぱい殺したいです」

「お、おお。ウルもかなり自分の性癖に素直になってきたな」

ふん、おもしれー女《やべー》。

どうして俺の周りにはこういう危険な女ばっかり寄ってくるんだろうな？　解せぬ。

俺が慄いていると、ハフティーは注意深く釘を刺した。

「ウル。好きに殺せばいいけれど、不老不死の霊薬については他言無用だ。くれぐれも頼むよ。どうあがいても要らない諍《いさか》いのもとになるからね」

「わかりました。しかし魔王に届けるのはいいのですか？　諸悪の根源を不老不死にしてしまっては諍いのもとになるどころの話ではないように思いますが……」

控え目ながら正論過ぎる意見にドキッとする。

いや、俺も荒野の影ってたぶん魔王だよな～とは思ってるよ。別人説を推したいけど、状況証拠が揃い過ぎてそろそろ推せなくなってきた。

世界を滅ぼそうとしている魔王はすげー悪いやつだ。きっと世界で一番不老不死の霊薬を手に入れちゃいけないやつなのだろう。

でもさ、不老不死の霊薬を渡して永遠の命を手に入れたら満足して世界滅ぼすのやめるかも知れないし？

もしかしたら自分が使うんじゃなくて死にかけの最愛の人を助けるために使うとかそういう

美談かも知れないじゃん？

　渡したら悪用するって決めつけてしまうのは良くないと思います。

　まあ、なんのかんの理屈をこねても結局は俺が俺とハフティーを助けてくれた荒野の影がいい人だって信じたいだけなんだけど。というかいい人だろ！

　口の中で苦しい自己弁護を転がしもごもごしていると、ハフティーは俺の頬っぺたをきつく摘まんで引っ張りながらフンと鼻を鳴らした。痛い。

「仕方ない。この始末に負えないお人よしの望みだからね。どうせ世界は滅ぼされる。世界を滅ぼす魔王が不老不死でも、そうでなくとも、大差ないだろうさ」

「ゆ、許された……！　でもいいのか？　お前荒野の影に不老不死の霊薬届けるの大反対してたろ。どういう心変わりだ？」

「一人旅で思い知ったからね。ヤオサカと二人なら冥府へ向かう旅でさえきっと楽しいよ」

「あれっ……？」

　ナチュラルにハブられたウルがショックを受けてしょんぼり項垂れてしまう。

　こらハフティー、言い方！

　お前口うまいんだからウルを傷付けない言い方もできただろ。どうしてウルにこんなキツく当たるんだ？

　フォロー、フォローを！

「いや俺はウルのことを大切な旅の仲間だと思ってるぞ。殺すのうまいし。食べ物が足りなくなるとすぐ生き物見つけてぶっ殺して肉取ってきてくれるし。えーと、あと殺すのめっちゃうまいし！　こんなにいい旅仲間なかなかいない。一緒に旅できて楽しいよ」

「そうでしょうか……」

「女二人と男の旅。若い性欲を持て余した三人、何も起きないはずもなく……」

あっ、荷担も仲間だと思ってます。はい。

一緒にウルとハフティーに振り回されていこうな？

◆◆◆

俺たちは数日かけて街道から離れた森の中をこそこそ北上し、穀倉地帯をつなぐ交易中継地として栄えている結界都市オベスクにやってきた。

結界都市オベスクは、大魔法使いトーマスが生前施した堅牢な結界に護られた小都市だ。

街をぐるりと囲む厚い石の城壁は見上げるほど高く、その城壁越しに外から唯一見える街中の建造物は中心部であり心臓部でもある尖塔。

城壁のふちから尖塔の先端にかけて幻想的な陽炎が不規則に瞬きながら弧を描いて伸び、オベスクを護る半球状の結界を形作っている。

これほど大規模な結界は他に類を見ない。

七年前、魔王の出現と同時に起きた魔法体系の混乱は、人類の魔王軍への抵抗を難しくした。

無理もない。それまで当然のように使えていた水魔法や土魔法、風魔法、その複合魔法が尽く機能不全に陥ったのだから。

唯一従来通り使える炎魔法は七年前から飛躍的に研究が進み、盛んに軍事転用が行われている。

オベスクにかけられた結界もそういった研究の成果の一つで、破壊、光、陽炎、温かさ、熱さなど様々な側面を持つ炎の形而上成分を巧みに組み上げ、強力な炎の結界に仕立て上げられている。

強固にして難解、芸術的ですらあるこの結界は一部が解析され、海峡を挟んだ魔王軍本隊との戦いに大いに貢献している（ハフティー談）。

俺たちはこのオベスクで物資を補給し英気を養い、北へ向かうにつれ厳しくなるであろう長旅への準備を整える予定を立てていた。

ただしこの辺りを通る旅人は皆同じことを考える。

北へ従軍に向かう者も、北から逃げてくる者も、誰もが結界に護られたこの安全な街で一息つきたいと思う。

ゆえにオベスクの門前には身元改めを受ける旅人の長蛇の列ができていた。

オベスクの強固な結界は本当に堅い。破壊は不可能と謳《うた》われている。

しかし魔王兵を一体でも侵入させてしまえば、あっという間に結界の内側で敵が増殖し、中から食い荒らされ陥落する。

魔王兵でないとしても、魔王に頭を垂れ自分だけは助かろうとする人類の裏切り者や、治安を悪化させるならず者、そういった危険人物は排除しなければならない。

だから魔王侵攻以前に開け放たれていた門も今では屈強な門番と魔法使いに警備され、旅人の身元を一人一人改める措置が取られている。

当然時間がかかり、俺たちは順番待ちの長い列に並んで暇を持て余していた。

「大丈夫でしょうか？」

腰に下げた短剣をしきりに触りながら、ウルが不安そうに呟く。

「最重要指名手配犯なのにフードで顔を隠しているだけ。検問に引っかかるのでは」

「策があるって言ってた。大丈夫だろ。半分ぐらいの確率で」

「また賭けですか……あの、ハフティーなら絶対にもっと安全確実に中に入る方法を思いつきますよね？　無駄に危ない橋を渡るのはやめさせられませんか？　ヤオサカから言えばハフティーも話を聞きますよね」

「たぶんな。でもウルは誰も殺さずに俺たちを護ってくれって言われたら絶望するだろ？　俺はハフティーの生きがいを大切にしてやりたい」

「ぐぅ……！」

ウルは呻き、列から少し外れて身なりのいい男の子と一緒にきゃっきゃしているハフティーをめちゃくちゃ不安そうに見た。

まあまあ、落ち着けよウル。あの女は何度大負け喰らっても最後の最後には賭けに勝って帳尻合わせるから。

「俺も不安だけど。悪い方向に転んでも処刑場に引きずり出されるか首輪つけられて奴隷になるかぐらいだから。ハフティーを信じろ」

「ハフティ〜！　頼みますよ……！」

泣きそうな声で井戸の印を切って大地に祈るウルは、闘技場で自分が賭けた闘士の勝利を祈るギャンブラーのおっさんにどこか似ていた。染まってきちゃったな。

俺たちが見守る中、ハフティーは男の子と一緒に検問の様子を指さして楽しそうにしていた。

「では少年。次はあのアゴヒゲのおじさんだ。彼は門を通れると思うかい？」

「うーん……服も馬車もボロボロだし、汚いし、臭そう。きっと難民だ。叩き返されるほうに賭ける！」

「よしよし。では、私は敬礼とともに通されるほうに賭けよう。君が勝ったらほっぺにちゅーしてあげるよ」

「ほんと!?　約束だぞ！」

「もちろんだとも」

ギャンブル癖がなければツラの良さだけで天下を取れる女のウインク直撃を喰らった少年はのぼせあがり、駆け出さんばかりに前のめりになってアゴヒゲおじさんの動向を窺う。

アゴヒゲおじさんは少年の予想通り臭そうに鼻を摘まんだ門番に邪険にされていたが、馬車を改めるや一転。ハフティーの予想通り、敬礼とともに中に通された。

唖然とする少年の肩を叩き、ハフティーは陽気に笑った。

「あっはっは！　まだまだ甘いね、少年。彼の馬車の幌についた紋章に注目だ。交差した鎌と槌はゲルブ商会の紋章。北方に本店を構え、武具やダイヤモンド、つまり戦争必需品を商う大商会だ。このご時世にゲルブ商会の馬車を門前払いにする街はないよ」

「くっそーっ！　お姉さんもう一回！　もう一回！」

「いいとも。でもその前に負けの支払いだ。ほらほら、お小遣いはもうないんだろう？　どうやって払うんだい？　ん？」

「うっ！　……ううう、お父さーん！」

幼気な純情を弄び金を巻き上げる最低の博徒は、列の前のほうに駆けていく少年をニヤニヤと見送った。ひでぇや。

俺が見かねて近づくと、ハフティーは焼き菓子を一つ投げて寄こした。

いやこれあの子から賭けでむしり取ったやつじゃん。大人げねぇ！

「こんなん素直に受け取れねーよ。子供相手に悪質だぞ、ハフティー」

「いいや？　私に勝てば絶世の美少女のちゅーが手に入ったんだ。安過ぎるぐらいさ」

「そうかあ？　そうかも……？」

「ヤオサカも一発賭けるかい？　勝てば私のちゅーだよ？」

「やめとくよ、勝てる気しないし」

「残念だ」

ハフティーは本当に残念そうに肩を落とし、何やら列の前のほうで父親とモメ始めた少年のほうにとっとこ歩いていく。

俺はハフティーの策とやらの邪魔をしないように、他人のフリができる距離をとってついていった。

ハフティーはフードを口元がわかる程度に開け、少年ともめているパリっとした正装の父親のほうに話しかけた。

「失礼。どうやら戯れが過ぎたようだね。この子は私の遊びの約束を真に受けてしまっただけ。子供に父親へ金の無心をさせるような意図はなかったんだ」

いけしゃあしゃあと心にもないことを言うハフティーの柔らかく愛想のいい声音に、胡散臭そうに睨みつけてきていた父親の態度は一気に和らいだ。

「ああ、君は息子と遊んでくれていたのか？　それはすまなかった。てっきり悪い輩に引っかけられたのかと」

「御子息がとても暇そうにしていたので、ついね。少年、遊びの続きをするかい？」

「する！　でもお小遣いもうなくて……」

「それは困った。知っているかい？　お金が足りなかったら、働いて稼ぐものなんだよ」

「は、働くの？」

「そうとも。今日は一日お父さんの言うことを良く聞いて、お母さんのお手伝いをするんだ。約束できるなら遊びの続きをしてあげよう」

「え〜っ!?　なんかめんどくさいなあ」

「そう？　私は仕事がデキるかっこいい男の子が好きだな」

「……お手伝いする」

ハフティーはふくれっ面で渋々頷いた少年の頭を優しく撫でた。

少年の頬がちょっと赤らむ。

た、誑かされてる〜！　顔の良さに騙されてる。

思い出せ少年。そいつは君のお小遣いとお菓子をしっかりむしり取ってる悪女だぞ。

しかも小柄童顔で二、三歳年上に見えてるだろうけど、成人してる。

ただ会話をしているだけなのに、魔法を使っているのではないかと疑いたくなるぐらいハフティーはするりと一家の懐に潜り込んでいった。

途中でフードをずらして金髪と美貌を見せたが、父親の隣の奥さんに「まあ、可愛らしい！」と褒められ、少年が一層モジモジし始めるだけで恐怖の叫び一つ上がらない。

好感度の稼ぎ方がうま過ぎる。稼いだ好感度を担保にすぐ賭けをおっぱじめる悪癖さえなければ……いや、その悪癖が消えたらハフティーがハフティーじゃなくなるか。

やがて充分に心理的距離を縮めたと踏んだらしいハフティーは、話の流れでいかにも辛そうに身の上を語った。

「実はこの街に来る途中でならず者に襲われてね。荷物を捨てて逃げたせいで通行料がないんだ」

「まあ！　かわいそうに、大変だったでしょう？」

「まさかここまで治安が悪化しているとは思いもしなかった。出立するときに護衛を雇っておけば……そうだ。あなたたちに恥を忍んで頼みたい。いくらかお金を借りられないかな？　街に入ったら働き口を見つけて必ず返すから」

「あなた。かわいそうですよ、こんなに小さくていい子が」

「父さん、お願い！」

奥さんと息子からねだられ、父親は満更でもなさそうに顎をさすり熟考する風をとった。

「ふーむ。そうだな……良かろう。どうせはした金だ、返す必要もない。その代わりウチの生意気な息子と仲良くしてやってくれ。暫く街にいるなら一度は遊びに来てほしい。息子も喜ぶ」

「ありがとう。井戸の神のお導きに感謝を。ところで、えーと、実は私には連れがいるのだけど。彼らの分の通行料も、というわけには？」

ハフティーが振り返ったのに合わせ、俺は人垣を挟んで手を振った。ウルも列に並ぶ年頃の女性を俺のところに引っ張ってこようとする荷担を抑え込む手を離し、貴族仕込みの優雅な一礼をする。

父親は上品な一礼とともに大きく揺れたウルの胸に強烈に目を引き寄せられたが、隣の奥さんに肘打ちを喰らって正気に戻っていた。

「こほん！　ああ、構わん。連れの方、こちらへ！　いやお嬢さん、通行料は私がまとめて払おう。小銭をやり取りするのも手間だろう……」

話はトントン拍子で進んだ。

いつの間にか俺たちは実は街の結界管理を担う貴族だという一家の者という扱いになり、下にも置かない丁寧な対応を受け検問を右から左へパスした。ハフティーのフードも子供が厳つい大人を怖がるような素振りを見せると捲られなかった。

やりたい放題かこいつ。ハンパねぇ。危ない橋を渡った気もするが、終わってみれば完璧な計画だったようにすら思える。

街の中に入ると、高い城壁に阻まれて聞こえなかった喧騒がドッと耳を打った。

大通りには盛んに馬車と人が行き来し大都会さながら。小都市規模の敷地に、結界の安全さに引き寄せられ過剰な人が集まっているのだ。

こんなに人がたくさんいて賑やかなのに人類が滅びかけてるってなんか嘘みたいだよな。いまだに実感が湧かない。

楽しそうにはしゃぎながら母親を玩具屋に引っ張っていく少年の姿は平和そのものだ。

俺と一緒に妻子を愛おしそうに眺めていた父親だったが、ふと我に返りハフティーを見下ろした。

「あー、これは疑っているわけではない。ただ、妻と息子の安全のためにだね。つまり、念のために確認しておきたいのだが」

と、家族を守る大黒柱はハフティーのフードからのぞく美しく艶やかな金髪を見て少し緊張しながら言った。

「君、まさか博徒ハフティーではないだろうね？　放浪の民の入れ墨がないか一応確認させてもらっても？」

「よく間違われるけど、違うよ。私が博徒ハフティーならこんなに堂々としているわけがないだろう？　私はゴジビルデイドンカ・ルラジャナヂャリヤヤ。テムカトーナのポッポナだ。では失礼、働き口と宿を探さなければいけないのでね」

　絶対に一度では覚えられないクソ長くて意味を持たない音の羅列をすらすら名乗ったハフティーは、呆気にとられた父親に聞き返される前にさっさと俺たちを促しその場を離れ雑踏に紛れ込んだ。

　十分に距離をとってから俺とウルは冷や汗を拭う。

あ、あぶねーッ！　死神の鎌が首元まで来てたぞ今！

「ハフティー、正気ですか？　本当に危険な賭けだったたじゃないですか！　門を通る前に入れ墨を確かめられていたらごまかしきれませんでしたよ！」

「でも押し切れただろう？　あの父親の性格からして、妻子が好意を寄せている少女にその目の前で犯罪者の嫌疑をかけることはないと踏んだ」

「最後の別れ方、怪しまれたんじゃないか？」

「半々といったところだね。荷担、オベスクの歓楽街は向こうだよ」

「よしきた。待ってろヤオサカ。お前好みの悪質な女を連れてきてやるからな」

「やめろ」

これ以上増やすな！　という俺の心からの叫びが聞こえたのかどうか。荷担は手を振って人混みに消えていった。

まだ今日の宿の場所も決めていないが、荷担のことだ。ひょっこり合流するだろう。

残された俺たちは顔を見合わせ、門前通りから少し奥まった道に入り安宿を探す。

よさげな宿にはだいたい満室の看板がかかっていて、ハフティーが少年から巻き上げたなけなしのお小遣いで泊まれそうな部屋を見つけるのはなかなか難しそうだ。

「宿を見つけたらどうします？　そろそろ夕暮れですし、今日は大人しくして眠るとして。ハフティーは明日あの男の子のところへ遊びに行きます？　家の場所は聞いているのでしょう？」

「何を言っているんだい？　あの親子はもう使い終わっただろう。用なんてないよ。少年に会うことは二度とないだろうね」

少年の初恋強盗ハフティーは涼やかに言い捨てた。ク、クズ女ッ！

人情の欠片もないハフティーにウルはショックを受けたようだった。

「そ、そんな。あんなに良くしてもらったのにですか？　遊びに来てほしいと言われたではないですか。少しぐらい……」

「用済みなのもそうだけど、もうハフティーではないかと疑われているようだからね。それにあの一家はオベスクの結界維持管理を担っている重要な一族だ。今結界を保守している当主が病気になって隣町から戻ってきたと言っていた。間違いなく、警護と警戒は一層厳重になる。利益を勘案してもこれ以上私が近づくのは危険過ぎる。賭けにもならないよ」

「おっと？　ハフティーが賭けを諦めるなんて明日は槍の雨が降るな」

「縁起でもない。私だって何にでも分別なく賭けるわけではないさ。そんなのはただの馬鹿がやることだからね。最低限の勝率は欲しい」

「ハフティーって勝率を気にするんですね」

「君は私をなんだと思っているんだい？」

二人が姦《かしま》しく言い合っているうちにちょっとボロいが空室のある安宿を見つけたので、俺たちはチェックインして荷物を下ろした。テントや調理器具など嵩張《かさば》るものは荷担が持っているので荷解きはすぐに終わる。

不老不死の霊薬はちゃんと内ポケットに入っていたが、ポケットの底が破れかかっていたので鞄の中にしまってベッドの下に隠しておいた。

ヒヤッとした。あぶねぇ、ポケット破れたせいで不老不死の霊薬落としてなくしましたとか洒落にならん。こういうことがあるから街での補給整備点検は必要なのだ。

食事の出ない素泊まり宿なので、一昨日ウルが仕留めて天日干しにしていた名前も知らない齧歯《げっし》獣の干し肉とガチガチに硬いパンを分け合って食べ、明日に備えてさっさと就寝する。

いつものように俺を抱き枕にしようと潜り込んできたハフティーにウルがここ数日夜なべしてせっせと作っていた歪なクマさん模様つき抱き枕をプレゼントすると、ハフティーはものすごく恨みがましそうに礼を言っていた。

良かったな、ハフティー！　これで小さな毛布に二人ぎゅうぎゅう詰めになって寝なくて済むぞ。

ちょっと腕の中が寂しくなるけど、ハフティーも一人寝ができるようにならないとな。

おやすみッ！

◆◆◆

翌朝、ウルを宿の留守番に置いて俺たちは買い出しに出た。

ウルは俺たちの護衛役を離れるのを渋ったが、安宿だから誰か一人は荷物番をしていないとコソ泥が怖い。

荷担は論外。ハフティーは値引き交渉に絶対必要。霊薬の素材の目利きができるのは俺だけだから、俺も買い出し組。消去法でウルが残るしかなかった。

オベスクは検問が厳しいだけあって治安いいし（荷担が悪質な女を見つけられなくて夜中にしょんぼり戻ってきたぐらいだ）、渋ったウルも最後には納得して留守番を引き受けてくれた。この街にスリや置き引きはいても、誘拐や殺人はそうそう起きない。

ほんの少しの小銭を元手にしてちょっとした賭けと転売で調子良くあぶく銭を作ったハフティーは、午前中いっぱいをかけて首尾よく旅の必需品を揃えた。

俺もハフティーの魔力でようやく一本だけ作った虎の子の回復霊薬を、腰を痛めて歩けなくなっていたお婆ちゃんに使って首尾よくハフティーに怒られた。

そんな怒ることないじゃん……だってめっちゃ痛そうだったからさ……

ぷんすか怒るハフティーにお婆ちゃんからもらったクリームパイを半分あげながら宿に戻る。

すると、俺たちがとっている部屋の辺りからどったんばったん音が聞こえた。

ハフティーはハッとしてクリームパイの残りを口に押し込み、険しい顔で駆けだす。

俺もハフティーに続いて宿の階段を駆け上がり、ウルが留守番をしている部屋に飛び込んだ。

「ウル、怪我はないか!?」

「ウル、怪我はさせていないだろうね!?」

同時に叫んだ俺たちを迎えたのは、鮮血がじわじわ広がる床板と新鮮な死体だった。

ハフティーがひゅっと息を呑んで蒼ざめる。

俺も死体の顔を見て血の気が引いた。

それは昨日会ったばかりの、あの親切な父親だった。

妻子を大切にしていた、そしてこの街の結界維持を担う重要な立場にある、あの男が。物言わぬ死体になっている。

ベッド下に隠してあったはずの鞄が乱暴に開かれて投げ捨ててあり、不老不死の霊薬が彼の動かなくなった手に握りしめられている。俺たちの留守の間に何やら穏やかではないことになってはいたようだけど。

下手人のウルは返り血を浴び恍惚《こうこつ》としていて、俺たちの乱入にも気付かないほどトリップしている。

神に祈る穢《けが》れなき聖女のように無垢な顔で、半分に千切れた血みどろ惨殺死体に心からの感謝を捧げていた。

「ああ、ありがとう。あなたの命が私に安らぎをくれる」

ウルは暫くぶりに人をぶち殺せて心底幸せそうだ。俺も嬉しいよ。

でもその安らぎと引き換えに大変なことになったのに気付いてくれると、もっと嬉しい。

なんてことしてくれたんだお前はーッ！

ハフティーは部屋の中にぶちまけられた鮮血の惨状にしばし絶句し固まった後、なんとか気を取り直し、不老不死の霊薬を拾い俺に投げ渡しながらウルに詰問した。

「殺《や》ってしまったものは仕方ない。彼は護衛を付けていただろう？　そいつは？」

「あっ、ハフティー!?　あの、これは仕方なく、」

「護衛はどうしたんだい？」

トリップ状態から帰還したウルは重ねて尋ねられ、気まずそうにドアを指した。

俺が開きっぱなしのドアの後ろをのぞいてみると、ドアと壁に挟まれて圧死した重装の男がコンニチハする。

「し、死んでる……！」

頑丈そうな重装鎧はペシャンコで、右手は剣にかかったまま抜剣できていない。左手に握ら

れたダイヤモンドは手の骨ごと砕けている。

たぶん、この人相当強い魔法重騎士だ。でも即死している。

ちょっと目を離した隙に連続殺人かましおったわ。

そういう女だって知ってたけど、もうちょっとなんとかならなかったか？

「何があったんだ？」

とはいえ。

ウルは殺人大好きだけど無差別殺人鬼ではない。何か理由があっての殺しだろうと聞くと、ウルは手にべっとりついた血をハンカチで拭いながらオドオド弁明を始めた。

「彼は不老不死の霊薬を奪おうとしたんです。それでもみ合いになって、反射的に殺してしまいました」

買ってきた物資を鞄に大急ぎで押し込んでいるハフティーがソーセージと包帯の束をねじ込みながら疑問を投げかける。

「ベッドの下に隠してあっただろう？　隠し場所を見られたとしても素人では不老不死の霊薬だとわからないはずだ」

「私もそう思ってあまり警戒していなかったのですが……最初はハフティーを探しに来たと言っていました。昨日のことがやはり気になったようで、放浪の民の入れ墨を改めさせてほしいと。とても強そうな魔法重騎士の方を護衛につけ、本人も魔法の杖を持って、礼儀正しかったですが大捕り物を視野に入れているようでした」

残念ながら虫も殺せない顔をしておいて殺しにかけては世界一の女を視野に入れることはできなかったらしい。

とんだデストラップだよ。かわいそうじゃ済まない。

「彼はその変な片眼鏡越しにベッドの下を見て、とても驚いていました。たぶん、魔力が視えたのだと思います。隠されているのが不老不死の霊薬だと見破ってからはとても興奮し始めて。ぜひ譲って欲しい、解析して複製すれば魔王軍を押し返す不死身の兵団を作れると。私がヤオサカのものだからと断ると、無理やり奪おうとしてきて、それで……」

「殺しちゃったのか」

「はい。ごめんなさい」

ウルは謝りながらも悦びと笑みを隠し切れていなかった。

う、うーん。聞いた感じギリギリ不可抗力かな……？

ウルは殺人適性が高過ぎて、常に全力で自制心を働かせていないと殺人衝動に抗えない。そのウルに正当防衛の大義名分を与えてしまったのが運の尽き。南無〜。

割と洒落にならない殺人事件が起きてしまったのも問題だが、不老不死の霊薬を見破られたのも大問題だった。

なにしろ形而上成分が視えなければ価値を見破られないという保安上の前提が崩れてしまう。

たとえ本職の霊薬師であっても、パッと見ただけでは普通の霊薬と区別がつかないはず。

彼がつけていたという妙な片眼鏡とやらが形而上成分を視えるようにする魔道具なのだろう

か？　俺の眼鏡のような？

千切れた犠牲者の足元に、レンズを二重に重ね細い金属で補強固定したような奇妙な片眼鏡が落ちていた。クモの巣状にヒビが入り壊れているが、俺は独特の材質と基礎構造を一目見て驚いた。

「うえっ⁉　マジか。これ二重クオリアの魔道具だよな？　絶対そうだ！」

「二重……？」

「なんだって？」

首を傾げるウルとハフティーに説明しながら片眼鏡を手に取って検分する。

「簡単に言うとこれを使えば誰でも形而上成分が見えるようになる。俺の眼鏡の上位互換だと思っていい。これで不老不死の霊薬の存在と効果を見破ったんだ。いや、理屈はわかるけどわからない。理論上こういう物を作れるのはわかる。けど技術的問題が……どうやって作ったんだ？　どういう仕組みなんだこれ？　クオリア変換機を二層重ねてるのはわかる。基礎構造は当然こうなるよな。この機構は焦点距離の調整用か？　そんな物理的な仕掛けで解決を？　それとも、」

「ヤオサカ。どうやら悠長にしている暇はなさそうだ」

検分の途中で階下から足音が聞こえる。ハフティーはパンパンに荷物を詰めた鞄の留め具を無理やりバチンと閉めて抱え持ち、硬貨を指で弾いて掴み取った。

「表。無実のフリはやめておこう。逃げるよ、ほら早く」

「に、逃げると言ってもどこへ？」

「窓」

ハフティーが木格子の嵌った窓を指さすと、ウルは胸元で井戸の印を切って「ごめんなさい」と呟いてから窓を蹴破り外に飛び出した。

続いてハフティーがぽてっと自由落下して下で待ち構えるウルにキャッチされ、最後に俺が飛び降り着地する。

「門を閉じられる前に急いで脱出するよ。門が閉じて結界を励起されたら、オベスクは脱出不能の牢獄になる」

「荷担は？」

「呼んだか？」

「うわびっくりした！　街出るぞ、面倒なことになった」

「ヤオサカ。井戸教教会の女司祭マリアはどうだ？　司教と助祭と信徒とパン屋の主人と服屋の丁稚で五股をかけている悪い女だ。今のマリアのヤオサカへの好感は――――」

「こんなときに面倒な女の話を持ってくるんじゃない！」

宿の二階から窓を突き破って落ちてきた俺たちは道行く人々の好奇の目を浴び、宿から響き渡った悲鳴と怒声で好奇の目は不審の目に変わる。

俺たちは善意の市民に捕まえられる前に、形成されつつある人垣を押しのけ逃げ出した。

宿に面した小道を抜け大通りに出ると、通りを真っすぐ行った先に門が見える。

が、ちょうど尖塔からオベスク全体に響き渡る警鐘が鳴り始める。

息を切らせ始めたハフティーをウルが抱きかかえ、俺たちは門に向けて全力で走った。

「私が馬鹿だったよ。ウルは人殺しでしか問題を解決できないと知っていたのに、一人で留守を任せてしまうなんて」

「やべあの片眼鏡忘れた！　飛び降りるとき窓の桟に置いてそのままだ。取りに戻る時間あるかな」

「私でもあるわけないってわかりますよ？」

人混みをかき分け全力ダッシュしたが、結界都市オベスクの防衛機能と連絡網は俺たちにとって都合の悪いことに素晴らしくよくできていた。

門にまだ全然届かないうちに迅速に閉門されてしまった挙句、尖塔のてっぺんに輝く赤い炎が規則的に瞬き始める。

街角に立つ衛兵は瞬く赤い炎を見上げて信号を解読し手元の羊皮紙に一文字ずつ書きつけ、大声で通達を出し始めた。

「領主館より通達！　領主館より通達！　パトロ家次期当主ジミール氏、暗殺されり！　犯人はフードを被った小柄な女！　身なりのいい長身の女！　黒髪の男の三人組！　逗留していた宿を破壊し逃走中！　発見された方は最寄りの衛兵へ御一報願う！　繰り返す！　領主館より通達！　パトロ家次期当主ジミール氏――――」

民衆は通達を聞いてざわつき始める。ウルは冷や汗を垂らしてハフティーを降ろし、代わりに俺を抱え込み目立つ黒髪にマントを被せ隠す。

ぎゅっと抱きしめられて胸に顔を押しつけられたせいで、ウルの心臓がドコドコ激しく高鳴っているのが聞こえる。そうだよな、いくらなんでも市民が全員敵に回るのはヤバ過ぎる。ウルの護衛意識はありがたいけど、露骨に人相を隠したせいで逆に目立ってしまった気がする。

目端の利く市民の何人かは、早くも俺達のほうを見て訝しんでいる。ただ、余計な一人（荷担）が一緒にいて三人組ではなく四人組になっているせいで判断に困っているようだった。

荷担は明け方まで歓楽街をフラついたせいで宿に入っていない。おそらく惨劇を通報したのであろう宿の主人は荷担が俺たちの一味だと知らない。

とはいえ、こんな大通りの真ん中に突っ立っているわけにもいかない。

ハフティーは一番近い路地裏へ続く曲がり角を顎で指して移動しようとしたが、買い物袋を抱えた人の良さそうなお爺さんに話しかけられるほうが早かった。

「もし、そこのお嬢さん方。今の通達をお聞きになられたかな？　失礼だがお連れの方の髪を少し見せてもらっても？」

聞かれたウルは半信半疑といった様子のお爺さんを鋭く睨み、マントの下の手がメキメキと音を立て力を溜める。やばいやばい！　もう一つ血の海できちゃう。

俺はウルの手に自分の手を重ねて連続殺人を抑え、足先でハフティーの踵をそっとつついた。

ハフティーは小さく頷き、いかにも困っていそうな庇護欲を誘う口調で返事をした。

「紛らわしくてすまない。彼女は調子を悪くしていてね。光過敏症で、日光を浴びていると体調を崩すんだ」

「おお、そうだったのかい。良ければ休んでいくかね？　通りを一本挟んだ向こうに儂の家がある」

「いや、そこまでしてもらうわけには」

心配そうにウルのマントで隠された俺の顔をのぞき込もうとするお爺さんの目線を体で遮り、ハフティーはやんわり断ろうとする。

お爺さんと話している間にも俺たちに目を留める人の数は少しずつ増え始めていた。

あまりモタモタしていられない。

強引にでも話を中断してこの場を離れるか、と足に力を込めたところで、俺たちを庇うようにお婆さんが割り込んでくる。老眼鏡をかけ洒落た帽子を被った、見覚えのあるお婆さんだ。

ちょっと怒った様子のお婆さんは、杖の持ち手でお爺さんの腹をつついた。

「これっ！　いい歳した爺が若い女の子にちょっかいかけるんじゃないよ！」

「う、つつくな婆さん！　アンタにゃ関係ないだろう、余計なお節介だ」

「いいや言わせてもらうよ。ね、お嬢さん気を付けなさいよ。この爺は若い頃からまぁ～浮気性でねぇ。紳士な顔して散々奥さんを泣かせてきたんだよ。ほらほら、さっさと帰んな！　今度メアリーを泣かしたら許さんからね！」

お婆さんに杖で散々つっつかれたお爺さんは、悪態をつきながら背中を丸めて立ち去った。

お婆さんは俺たちに、というかマントに隠れた俺に小さくウインクして、小声で囁く。

「お前さんは礼は要らんと言っていたけどね。あたしゃ恩を返すババァさ。ほらこっちに来な、早く！」

なんという偶然か。お婆さんは数時間前に回復霊薬で腰を治してあげたお婆さんだった。

他に頼れるものもない。手招きするお婆さんに俺たちは急いでついていく。

お婆さんは大通りから一本中道に入った古い民家に俺たちを追い立てるように入れ、外の様子を確認してからぴしゃりとドアを閉めた。

「ありがとう、助かったよ……独り暮らしかい？」

窓から見られない位置に立ったハフティーはフードを外し、お婆さんに礼を言う。

お婆さんは棚から人数分のティーカップを出しながら笑って答えた。

「そう気を張りなさんな。旦那は随分前に井戸底にいっちまったし、娘も孫もとっくに独り立ちしとる。よしんば家族と暮らしてたとしても恩人を匿うのに文句なんて言わしゃあせんよ」

「むむ、惜しいな。もう五十若くて未婚ならヤオサカのいい伴侶になっただろうに」

「なんだいこの失礼な奴隷は……？」

「あ、すみません気にしないでもらって」

荷担、ステイ。大人しくしててくれ。

ハーブティーを出してくれたお婆さんは「あたしゃ耳塞いで奥の部屋にいるからね。好きなだけいいな」と言って訳知り顔で奥へ行く。

その背中に礼を投げかけるが、お婆さんは振り返りもせず、シャンとした腰を手で軽く叩き、機嫌良く杖を振って扉の向こうへ消えた。

なんだあのお婆さん。かっけぇ〜！

俺たちが危険人物集団だってわかってるだろうに、事情をなんにも聞かず最高の援助をしてくれるじゃないか。

人情が身に染みる。涙が出そうなぐらいありがたいぜ。

「いい御婦人だ。ヤオサカの善意が素直に返ってくるのは何年ぶりかな」

「喰い物にされ過ぎでは……？」

「私はもう諦めたよ。悪意で返されなければ上々さ。それよりどうやって街を脱出するかだけど」

ハフティーは我が物顔で一番上等な肘掛け椅子に陣取り、お茶請けの干した果物を木皿丸ごと自分の膝に持っていった。

「はい！　抜け道か何かを見つけてこっそり出られませんか」

挙手して早速意見を出したウルはハフティーに鼻で笑われた。

「空の結界の変化を見ていなかったのかい？　励起して強度が上がった。戦時体制だ。オベスクの結界は地下にまで広がって街を完全に包んでいる。抜け道なんてどこにもないよ」

「それなら領主館に出頭して事情を説明して……」

「無理だね。説明なんて聞いてくれないだろうし、聞いてくれたとしても説明するには不老不死の霊薬を見せないわけにはいかなくなる。そうすれば奪い合いでこの街が内部崩壊する。いや待てよ……？」

何かに気付いて考え込むハフティーに思わず口を挟んだ。

「ハフティー？　内部崩壊させるのも手だなとか思ってないよな？　そういうの嫌だぞ俺は」

「あっはっは！　まあ実際のところ、いつまでもこんなに強力な結界を維持することはできない。内部から誰も出られないということは、外部から誰も入ってこられないということでもあるからね。補給が絶たれればいずれ燃料切れで結界は解ける」

ハフティーはお茶を飲みながら気楽にドライフルーツを齧り、絶賛指名手配中の凶悪犯一味とは思えないだらけぶりで足をぷらぷらさせた。

「隠れ家が手に入ったなら暫くは安全だ。のんびり結界の燃料切れを待とうじゃないか」

「あの、外から警笛がすごく聞こえてきてますけど。全ての家を一軒一軒家宅捜査をされでもしたら」

「大丈夫だよ。私が一人旅の間にこういう危機を何度潜り抜けてきたと思う？　魔王の横槍さえなければこの状況を切り抜ける程度簡単さ」

「じゃあ大丈夫か」

余裕綽綽のハフティーに、俺たちの間にホッとした空気が流れる。

ウルの提案で全員で今回の悲しい事故の犠牲者に追悼の祈りを捧げた後、ドライフルーツを独占したハフティーを胴元にした賭け大会が開催される。

しかし荷担ｖｓウルの予選が始まった途端、腹の底に響く轟音とともに大気が震え地が揺れて家が軋んだ。

表のほうから悲鳴が上がり、断続的に吹かれていた警笛の符牒が変わって尖塔の警鐘が激しく鳴り始める。

「な、なんだ？」

「嫌な予感がする。外の様子を見よう」

俺たちはハフティーに促されて窓を小さく開け、鈴なりになって外をのぞき通行人が指さしている空を見上げる。

すると、家よりデカい馬鹿げた大きさの槍がちょうど空の彼方から飛翔してきて、爆音とともに結界に突き刺さりヒビを入れるところだった。

「まずい」

目を疑う異常な光景を見たハフティーが顔面蒼白になって叫ぶ。

「魔王の大陸間弾道投げ槍だ！」

「こ、これがあの？　噂の一〇倍大きいですけど⁉」

箱庭育ちのウルが身を乗り出し、下にいるハフティーを胸で圧殺しそうになりながら驚いている。

俺もあちこち旅をしてきたが、幸運にも直に見るのは初めてだ。噂の三倍デカい。

悪名高い魔王の大陸間弾道投げ槍は、人類を劣勢に追い込んでいる大きな要因の一つだ。

北の大陸では無数の要塞や城壁があまりにもデカ過ぎる大質量投げ槍によって粉砕され、風穴から魔王兵が雪崩込み大虐殺が繰り返された。

俺たちがいるこの大陸でも海峡に接した最前線に定期便のように槍が投げ込まれ、防衛線の破壊と再構築が鼬《いたち》ごっこのように繰り返され人員と物資をゴリゴリ削っているという。

しかし、基本的には槍で防御網を破壊したところに魔王兵が攻め込むという形が取られる。だから魔王兵がいない場所に槍は飛んでこない。

槍が城壁や建物を破壊したところで、後詰の兵力がなければ修復されて終わりだからだ。魔王兵との併用なしで槍だけを投げるのは無駄打ちとは言えないが、効果的とも言い難い。

ハフティーはまさにこの大陸間弾道投げ槍と魔王兵の連携を相手取り戦ってきた。

一人旅の間に各地を転戦し、投げ槍と魔王兵でぐちゃぐちゃにされかけた死地を幾度となく救ってきたのだ。

巨大な槍二本は北門近くの城壁の縁と、尖塔から少しはずれた中空に突き刺さっている。

ハフティーはそれを見上げながら、落ち着きなく手の中で硬貨を弄りぶつぶつ呟く。

「オベスクの結界は世界一強力だ。反射機構は貫通されたけど、それでも槍を止めたし自己修復機能だって働いている。数発撃ち込まれたところで破られはしない。単なる威力偵察？　いや、そうは思えない……」

俺たちが不安に駆られ見上げる中、結界は食い込んだ槍を炎で包み、焼き潰していく。

街にはひらひらと灰の雨が舞い落ち、結界に広がった亀裂は紅蓮の炎が舐めて塞いでいく。

街中から上がっていた悲鳴は歓喜と喝采に変わっていった。

俺もホッと息を吐く。良かった、結界都市オベスクの名は伊達じゃない。

この街は今俺たちを逃さない牢獄と化しているが、同時に魔王の攻撃さえ防ぐ要塞でもある。ここにいれば安心だ。

しかしハフティーの顔色は悪いまま。

ぶつぶつ考えこんだ後、ハッとして叫ぶ。

「まずい！　まずいまずいまずいッ！　今の二射で照準調整された！　槍の雨が降るぞ！」

ハフティーは言うや否や外に飛び出す。後を追って俺たちが表に飛び出すと、凶悪な渡り鳥の大群のように遥か彼方から飛来する巨大槍が見えてしまった。

「六六発も……！　まさか結界を力ずくで突破する気ですか!?」

遠望したウルが呻く。

その言葉通り、何十本もの巨大槍が次々と結界に突き刺さっていく。

オベスクの結界は確かに魔王の大陸間弾道投げ槍を防いだ。

しかしそれは一発、二発に限った話。

防御能力を飽和させる大量の槍の雨は結界に亀裂を入れ、たわませ、ついに突破した一本が中央尖塔を貫き爆散させた。

尖塔が、瓦礫と化し崩れていく。石の雨はその下の建物や通行人に容赦なく降り注ぐ。

要《かなめ》を失ったオベスクの堅牢な結界は、水をかけられた焚火のように力なく煙を上げて消えて

しまった。

や、やば過ぎる！

二発の槍が防がれるのを見てぬか喜びしていた民衆が、先ほどに倍する絶望の悲鳴を上げる。

瞬く間に街を恐怖が呑み込んだ。

道に出ていた人々は恐慌状態に陥り、走り出した誰かが引き金になり濁流のような人波が湧き起こる。

へたり込む老人は撥ね飛ばされ、親と手をつないで泣いていた子供は群衆に呑み込まれ引き離される。

誰もが唐突に現れた槍の形をした死に怯えきり、混乱している。

完全なパニックだ。

警鐘を鳴らし非常事態と対処指針を知らせるはずの尖塔は崩壊した。

その事実が何よりも雄弁に結界都市オベスクの終わりを市民に知らしめる。

「まだだ、きっと第二波第三波が飛んでくる。結界は潰された、次の槍の雨は市街地に直撃する！」

「!?　お婆さん！」

俺が叫ぶと、我が意を得たりとウルが家の中にすっ飛んでいく。そして一瞬で両手で耳を塞いで目を白黒させているお婆さんを抱え持って疾風の如く戻ってきた。

はす向かいの玄関に呆然と立ち、結界の消えた空を見上げている紳士的な外面をした浮気爺さんにお婆さんを押しつけ、強い口調で言い含める。

「まだ槍が飛んできます。急いで逃げてください！」

ハフティーは冷や汗を浮かべ俺に手招きしながら表通りに走っていったが、大パニックで自制を失った民衆の大津波を見て戻ってくる。

「だめだ、通りは使えない。どうする？　どうすればいい？　くそっ！」

おおおおおお落ち着け！　どうすればいいかなんて俺が聞きたい。

こういう事態に一番詳しいのはお前だ。頼むぜ、おい！

「ハフティーは魔王の大陸間弾道投げ槍見るの初めてじゃないんだろ？　どうやって対処してたんだ？」

「今までは一度に三、四発だけだった。これほどの数は初めて見るよ。どうやら今回の魔王は本気だ。槍だけで無理やり私たちを仕留めるつもりらしい」

「俺たちを？　街を狙ってるんじゃないのか？」

「それもあるだろうけど、違うだろうね。おそらく私とヤオサカが揃って投げ槍の射程圏に入ったからだ。ヤオサカ、何か使えそうな霊薬は？」

「ない。昼前に婆さんに使ったので最後だ」

「このバカっ！」

「何を悠長に話しているんです？　私たちも早くここから逃げないと！」

ウルは荷担を屋根の上にぶん投げながら切羽詰まった声で俺たちを急かした。

「いや、屋上伝いは足場が悪――――おわっ！」

「お、俺は優しく投げ――――どわっ！」

俺たちを屋根の上に投げたウルは人外じみた大跳躍で自分も屋根に飛び乗り、ハフティーを雑に担いで一番近い門に向かい走り出す。丁寧に横抱きにする余裕すらないらしい。

そもそも人が走るように作られていない勾配の激しい屋根上をおっかなびっくりと、しかし可能な限り急いで走る。

俺は俵担ぎされてがっくんがっくん揺さぶられているハフティーに根本的な疑問を投げた。

「ワケわかんねぇよ。魔王はどうして俺たちを狙うんだ？　だってさ、俺たち魔王に不老不死の霊薬を届けようとしてるんだぜ？」

放っておけば手元にご注文の品が届くのに。

どうしてぶっ殺そうとしてくるんです？

配達員を仕留めにかかる依頼人なんて聞いたことないぞ。

俺の素朴な疑問に、ハフティーは苦虫を噛み潰したような顔で答えた。

「第三者による強奪の危険。複数の不老不死の霊薬が追加製造される危険。理由は山ほど考えられるけれど、魔王がヤオサカを信じて大人しく配達を待つ物分かりのいい性格をしていたらそもそも世界を破壊なんてしないだろうね」

「確かに……！」

俺たちが運べば良し。途中で殺して配下に回収させられればより良し。

そんなところか。

しかしこんなことされるとちょっと運ぶ気失せるな。勘弁してくれよ。

でも、あの荒野で魔王に助けられなかったら俺は死んでいた。

そう思うと配達をやめて尻尾巻いて逃げ出す気にもなれない。

命の恩は命で返すぞ。お前が俺を殺すつもりでも、俺はお前に不老不死の霊薬を届けてやるからな！

だから大人しく待っててくれません？

お願い。

ほんとに。

俺が遥か遠くの北の大地へ祈っていると、散々揺さぶられて吐きそうになっているハフティーが蒼穹の向こうの小さな黒い点を指さし叫んだ。

「次の槍が来た！　ウル、私を降ろしてヤオサカを抱えるんだ。死ぬ気で避けろ！」

「そ、そんなことを言われても……！」

「じゃあ殺す気で避けろ！」

「やってみます！」

ウルは半分投げ捨てる勢いでハフティーを降ろし、代わりに俺を担ぐ。

そしてバック走で走りながら、みるみる大きく見えてくる大陸間弾道投げ槍の雨を目を細め見定める。

「この弾道。確かに私たちを殺すためのものですね。私たちが移動することを予測して周辺一帯に拡散して着弾するように投げてきているようです」

「大した予測だ。だからといって避けられるとは限らないのだけどね！」

ハフティーは素早く硬貨を指で弾いて掴み、結果を確かめると同時に右の屋根に跳んだ。

ウルはバック走をやめ屋根瓦を砕く鋭い踏み込みで獣のように加速して斜め前方に飛び出す。

すると背後に落ちてきた巨大な槍が衝撃波とともに一瞬前までいた建物を丸ごと爆散させた。

「うわぁー!?」

「静かに！　舌を噛みます！」

立て続けに巨大槍が着弾し、建物が爆発四散し、瓦礫の驟雨《しゅうう》と土埃を作り出す。

鼓膜が破れそうな爆音で脳が揺れ、飛び散る瓦礫の破片が頬を裂き眼鏡にヒビを入れた。

死ぬ死ぬ死ぬ！　直撃しなくても余裕で死ねる！

ウル頼む！　お前だけが命綱だ！　頑張れーッ！

目をぎゅっと閉じて急加速急制動を繰り返すウルにしがみついていると、不意に爆音が止まり、ウルも止まった。

恐る恐る目を開けると、目を覆いたくなる惨状が現れる。

結界都市オベスクの街並みは見るも無残な瓦礫の山に変わってしまっていた。

もうもうと立ち込める土埃、あちこちで上がる火の手。

だが聞こえる悲鳴は遠い。半壊した井戸教の教会越しに、押し合いへし合いしながら爆心地から離れ門を目指す群衆の後ろ姿が見えた。

これは俺たちを狙った攻撃だ、というウルの見立ては正確だった。明らかに俺たちを中心に無数のクレーターが刻まれている。

一発でも群衆の中に槍を投げ込めば無数の死者が出ただろうに、執拗なまでに全ての槍が俺たちを狙っていた。

何も知らない一般市民の被害が最小限で済んでいて少しホッとするが、ウルが大汗をかき肩で息をしているのを見てゾッとする。

あのウルが疲れている。馬鹿げた身体能力を誇る、疲れ知らずのウルが。

次は避けられないかも知れない。

そんな不吉な未来が脳裏をよぎり、頭を振って追い払う。

いや、俺たちはいつだってピンチを切り抜けてきた。今回だってなんとかなるさ。

「ハフティー！　無事か!?　荷担は!?」

俺が叫ぶと、近くの馬車の残骸から荷担の荷物がにょっきり突き出して動いているのが見えた。片手も突き出し元気良く俺のほうへぶんぶん振られている。

良かった、あいつは大丈夫そうだ。でも埋まってるな。

俺が掘り出すために近づこうとすると、荷担の手が矢印を作って反対の瓦礫の上のほうを指した。

矢印を辿ってみれば、ハフティーが崩れかけの家の梁《はり》に逆さまに引っかかってぶらぶら揺れている。

「！　…………！！」

フードの紐で首が絞まっているらしく、必死で首元を指さし外してくれと訴えている。

良かった生きてた、けど死にそう！

「待ってろハフティー！　今降ろしてやる！　いやでも高いな!?　届かねぇ！　棒か何か!?」

「私が」

俺がおろおろしていると、滝のような汗を拭ったウルが少し精彩を欠いた足取りで瓦礫の山を走り抜け、大きく跳んでハフティーを捕まえ梁から外して着地した。

ウルはそのままじたばたもがくハフティーの首に絡まった紐を解きにかかる。

よ、よし。なんとか全員無事だった。

しかし余裕とは言えない。

俺は荷担を掘り起こすための手頃な板か何かを探しながら考えた。

次の槍の雨は避けられるか？

いつまで避け続ければいい？　どこまで逃げればいい？

どこからどこまでが大陸間弾道投げ槍の射程なんだ？

射程外に出られれば？　どうやって、どこまで？

ワンウェーブの回避だけでウルは疲労困憊。ずっと逃げ続けるのは無理だ。

逃げきるのもきっと難しい。魔王が「やっぱやーめた」するとも思えないし……いやしてくれるかなあ？

魔王と俺、一応知り合いだし。気まずくなってやめてくれたりしないかな。

自分で言うのもなんだけど、俺ほど無害な奴いないよ？　別に魔王をどうこうしようなんてつもりもない。

世界破壊とかやめたほうがいいんじゃないかな、とは思ってるけど、なんか深い理由があってしてるんだろうし。

その理由を知りもしない外野が一方的にだめだって決めつけるのも良くな……

「ヤオサカ！」

「逃げろ！」

つらつら考えながらスコップ代わりに使えそうないい感じの板を瓦礫の山から引き抜こうと四苦八苦していると、ウルとハフティーの必死の叫びが聞こえた。

顔を上げると、こっちに駆け寄ろうとしているウルと、初めて見るひどい恐怖に駆られたハフティーが見える。

え。逃げろって何が？

尋常ではない二人の様子に切迫感だけが膨れ上がり、後ろを振り返る。

同時に、俺は至近距離に着弾した巨大槍に吹き飛ばされ宙を舞った。

全身を砕かんばかりの衝撃波に殴られ、強制的に空中遊泳させられながらも頭の中の冷静な部分が言う。

油断した。野郎、時間差で一本余分に投げてきていやがった。

でも不幸中の幸い。

これは直撃じゃない。ミンチにされずに済んだ。

これならうまく着地できれば……

そんな俺の楽観は瞬きの間すらもたなかった。

きっととっくに幸運は使い果たしていた。

ならば後に残るのは不運だけ。

衝撃波で吹き飛んだ俺は。

吹き飛ばされた先にあった太い折れた柱に突き刺さり、腹を貫かれた。

自分の体から、命が潰れる音がした。

◆◆◆

結界都市オベスクが燃えていた。

炎の結界の残滓と突然の混乱によって出火した火の手は抑える者もなく、崩壊した街をごうごうと燃え盛る炎で包んでいく。

炎は全てを焼き尽くし、灰に変えていく。

声にならない悲鳴を上げたウルファイトゥラ・ジナジュラ・ィアエは、目の前で致命傷を負ったヤオサカに飛びついた。

「あ、ああ、ああああああ……！　そんなっ、ヤオサカ！　ヤオサカの命が……！」

吐き気がした。

血を吐くヤオサカの体から、命がこぼれていく甘美な香りがする。

背中から腹を太い柱が貫通していて、重要な臓器がぐちゃぐちゃになっているのがわかる。

このままでは死んでしまう。柱を抜いても出血で死んでしまう。

どうあがいても、ヤオサカは死ぬ。

こんな自分でも誰かを護れると思っていたのに。

そう信じたかっただけだった。

自分のせいでヤオサカが死ぬ。

自分がヤオサカを殺したようなもの。

そう思うと心臓が奇妙に跳ねた。

食い千切らんばかりに唇を噛み、顔を掻きむしる。

ああ、虫唾が走る。どうして私はこうなのだろう？

間接的な殺しでさえ、誰よりも大切に想っている人の死にさえ、悦びを感じてしまう。

自分のおぞましい醜悪さに吐き気がする。

こんな私の生まれついての邪悪さえ包み込み、私は私のままでいいと言ってくれた人が死んでしまう。

「ウル」

「!?　ヤオサカ！　喋ってはいけません！」


口の端から血の泡をこぼし、焦点の合わない目を彷徨わせるヤオサカが常と同じ優しい声で言う。


少しでもヤオサカを楽にするためにと握った手は、逆に安心させるように優しく包まれた。

「ごめんな、喋れるうちに頼みたい。これを俺の代わりに届けてくれないか」

液体の入った小さな薬瓶を握らされたウルは動揺して取り落としそうになった。

「そんな――――そうだ！　ヤオサカが飲めばいいんです！　飲んでください！　早く！」

「だめだ。俺はもう一度命を延ばしてもらってる。魔王が欲しがってるなら、届けてあげないと」

「飲まないと死んでしまいますよ!?　ほら、口を開けて！」

「困ったな……ハフティー？」

耐えがたい痛みと苦しみの最中にあるはずのヤオサカは、今まさに死につつあるとは思えないほど穏やかだった。ウルの頭をあやすように撫で、ぼやけた視界でハフティーの姿を探し呼びかける。

二人に背を向け、這いつくばって震え嘔吐していたハフティーは名を呼ばれ無理に息を呑み込んだ。

自分の頭を殴り、胸を何度か殴り、えずきながら立ち上がって、目元を拭い振り返る。

「なんだい？　ヤオサカ。私はここにいるよ」

深く深呼吸したハフティーは完璧にいつも通りを装った声で応え、ヤオサカの前に跪いた。

ウルの手から霊薬を受け取り、軽く放り投げて掴み取る。

一緒に馬鹿をやって、追い詰められて。でも最後には一緒に笑い合える、そんな愉快な旅路の途中にまだいるかのように、ハフティーは陽気に振舞った。

「ハフティー、その薬は魔王の物だ。魔王に届けないとだめなんだ」

「何を言っているんですか！　その魔王がッ！　あなたを、こ、殺し……！」

涙が溢れ、ウルは言葉を続けられない。

ハフティーはちょっとしたお使いを頼まれたように気さくに答えた。

「わかっているよ。君の強情さは私が誰よりも知っている」

「なら」

「約束しよう。ヤオサカの意志は私が引き継ぐ。君を悲しませはしない」

ハフティーが凛とした真摯な声で言うと、ヤオサカは安堵の息を吐いた。

鋼の意思で生命をつなぎとめられていた体が一度激しく痙攣《けいれん》し、動かなくなる。

ウルは深い悲しみと二度と味わえない悦びで頭がおかしくなりそうだった。

私はどうしようもないクズだ。

ヤオサカの死さえ自分の愉悦に消費する。

私は殺すことしかできない。

殺し以外何もできない。人一人救えはしない。

殺すことでしか何かを成せない。

「――――ああ。そうなのですね？」

そしてウルは唐突に理解した。

ぐちゃぐちゃになった頭が綺麗に澄み渡る。

涙が止まり、口が自然に笑みを作る。

それが私の使命なのだ。

殺しに行こう。

それしかできないのなら、喜んでそうしよう。

魔王を殺そう。

ヤオサカを殺した魔王を、私が殺す。

ヤオサカの遺言通り、不老不死の霊薬を飲ませてやろう。

その上で、殺す。

死なくなった命ですら死に果てるまで、殺して殺して殺して、殺し尽くす。

それが殺すことしかできない私ができる、たった一つの復讐《やくめ》だから。

最後にヤオサカの体を撫で、燃え盛る瓦礫に向けて幽鬼のように歩き出したウルの背中に、ハフティーが冷たく声をかけた。

「ウル、何をやっている？」

「魔王を殺しに行きます。私はそれしかできないから……ハフティーはヤオサカを弔って、」

「それなら、今やれ」

「なんですって？」

「今、殺せ。できないとは言わせない」

ハフティーはヤオサカを打ちのめした魔王の槍を指さしていた。

その槍は巨大だった。

家よりも大きく、大陸を横断して飛来し、建物を破壊し地面に大穴を穿ってなお壊れていない、頑丈で重厚な槍だ。

ウルはほんの一瞬できるわけがないと怯んだが、すぐに思い直した。

ハフティーの言う通りだった。できないなんて言えるはずがない。

ウルは巨大槍に歩み寄った。

見上げ、殴りつけるように槍に手をめり込ませる。

地響きとともに槍は引き抜かれ、ウルはギラギラと燃える殺戮者の瞳で空を睨んだ。

槍が飛んできた、魔王がいる遥か遠くの北の大地を思い描き、ウルは巨大槍を構え大きく後ろに振りかぶる。

「魔王。私はあなたを知りません。あなたも私を知らないでしょう。でも私は知っています――」

槍は全く同じ方向から飛んできていた。大陸を跨いで狙い撃つその正確さは、逆に発射位置を明確に浮かび上がらせる。常人にはわからなくとも、ウルにはわかった。

何よりも、殺しの匂いがするほうへ。

命の匂いがするほうへ。

他の誰にもわからずとも、ウルファイトゥラ・ジナジュラ・ィアエにだけはわかる。

「――――あなたより、私のほうが殺しがうまい。死ね！！！！！」

天性の殺戮者の手から放たれた逆襲の巨大槍は強烈な速度で瞬きの間に見えなくなった。

見えずとも結果がわかる、会心の手応えだった。

しかし足りない。

一本では足りない。

ウルは街を壊滅させた百数十本の巨大槍に次々と走り寄り、掴み上げ、空の彼方へ投擲《とうてき》していく。

途中で次の槍の雨が降ってきたが、ウルの投げた槍と相殺され全て空中で砕け散った。

ウルは高笑いしながら槍を投げ放っていく。腕が悲鳴を上げても、全身がこれ以上無理だと叫んでも、魔王を殺すためにウルは槍を投げ続ける。

殺戮者が彼女にしかできない反転攻勢をかけている間に、ハフティーは生気の失せたヤオサカの前で不老不死の霊薬を手で弄び考えていた。

そして、溜息を吐き、霊薬の蓋を開ける。

「やはりこれしかないな。すまない。君の命を賭した願いより、私は君が大切なんだよ」

ハフティーは瓶を逆さにして口に霊薬を含み、嚥下する力を失ったヤオサカの口に自分の唇を押しつけた。

君の想いを踏みにじってでも、君を助けたいから。

「愛してる《ごめん》」

◆◆◆

俺は瓦礫の上で目が覚めた。

うおーッ！　なんか知らんけど気分爽快ッ！　朝露輝く高原で春風とともに起きたような、スゲェ～心地いい目覚めだ。

体の悪いものが全部なくなったような軽さに、軽く身を起こすつもりが勢い余って転びそうになってしまう。

「やあ、おはようヤオサカ」

そんな俺を横からそっと支えてくれたハフティーが、いつもと同じ陽気で楽しげな笑顔をくれる。

うおう、今日も俺の親友は可愛いな。この笑顔に騙されて何百人が破産したことか……ん？　いや待てよ。

「ハフティー？」

「なんだい？」

「天国……いや、お前がいるってことは、ここ地獄か？」

「君と一緒なら冥界も悪くないけど、違うね。生きてるよ」

「なんで？？？」

俺、死ぬつもりで遺言とか言っちゃったけど？

あそこから復活する手段なくない？

致命傷だっただろ？

「あっ!?　ハフティーお前、不老不死の霊薬俺に飲ませたんじゃないだろうな！」

「それも違うね。ヤオサカが気絶した後、近くに回復霊薬が落ちているのに気付いてね。それを飲ませただけさ。たぶん、瓦礫になってる建物のどれかが霊薬店だったのだろうね。いやあ運が良かった」

「嘘つくな！　そんな偶然あるわけないだろ！」

「私が嘘をついたことがあったかい？」

「あった！」

「そうだね。でもこれは本当さ。ほら」

そう言ってハフティーは不老不死の霊薬を俺に投げ渡してきた。なんの変哲もない普通の薬瓶に見えるそれは、託したときと変わらずちゃぷりと中の液体を揺らしている。

「ほんとだ……じゃ、本当に運良く回復霊薬が転がってたのか？　うーん、普段の行いが良くないとこんな奇跡起きないぞ。人に親切にするもんだなぁ」

「まったくだ。一応確かめておきたいのだけど、体に異常は？　どこか痛いとかないかい？　お腹空いていたりは？　喉が渇いているならそこの井戸から汲んだ井戸水があるけど？」

「いや大丈夫大丈夫。絶好調。だからベタベタ触るな、くすぐったいだろ！」

心配性のハフティーの手を振り払う。

体はなんともなかったが、服の腹のところにデッカい大穴が空いておへそが見えてしまっている。恥ずかしっ！

いや、こんだけの重症から復活したばかりなら心配もするか。

看病ありがとな、ハフティー。助かったよ。

「そういやウルは？　気絶する前けっこう思い詰めた感じだったけど」

「元気だよ。ほら」

ハフティーが指さしたほうを見ると、崩壊した街を焼き尽くし燻り始めた煙火の間を笑いながらウルが飛び回っていた。

元気いっぱい元気溌剌《はつらつ》といった様子で街を破壊した魔王の投げ槍を掴み上げてはソニックブームを出しながら空の向こうへぶん投げている。

「え？　もしかして投げ返してんの……？　ヤバ……」

「けしかけたのは私だけど、まさか本当にできるとは思わなかったよ。投げ返し始めてからすぐに魔王側からの投げ槍がなくなったね。向こうも被害甚大なんだろうさ」

さすがにちょっと引く。投げ返して魔王を殺そうとしてるってこと？　殺しが得意ってレベルじゃねーぞ。あの華奢な体のどこにそんなパワーが？

俺が畏敬を込めて大胆過ぎる反撃を眺めていると、全ての槍を投げ返したウルが煤でちょっと服を汚しこちらに戻ってきた。

「すみませんハフティー。全て投げ返しましたが、仕留めた感触は……ヤヤヤヤヤヤヤヤヤヤオサカ！！！？？？？」

「えっ⁉　なんだどうした？　こ、こちらヤオサカですが？」

「生きてる⁉　どうしっ、死ん、生き、私が……うう……わーっ！」

ウルは感情がバグったような百面相をした後、感極まって大泣きしながら飛びついてきた。

「お、おお？　よしよし。大丈夫だぞ～。怖かったよな。頑張ってくれてありがとな～」

「うぅ～……！」

「よしよし、泣け泣け。俺の胸でよけりゃあいくらでも貸すから」

わけがわからないまま幼児退行して泣きじゃくるウルをあやすが、縋りつかれ押しつけられた胸の大きさが全然幼児じゃなくてちょっと動揺する。

いやあの、下心はないよ？　でもちょっと恥ずかしいっていうか。ウルは美人さんだからさ、あんまり密着されるとこんな状況なのにモジモジしてしまう。男心は度し難いのだ。

俺がウルを抱き留めあやしながら時計のジェスチャーをしてハフティーに急ぐべきか伺いを立てると、ハフティーはフードの紐を弄って調整しながら首を横に振った。

「いや、時間はある。これ以上の追撃はないよ。魔王は自分の投げた大陸間弾道投げ槍を正確に投げ返してくる化け物がいると知ったのだからね」

なるほど。そりゃそうか。

超遠距離から一方的に超高火力を叩き込んでいたのに、死なないどころかカウンター決められたらビビるよな。

改めて考えてもちょっと意味がわからない。ウチの護衛が強過ぎる。

暫くウルは恥も外聞もなく俺のボロ服を涙と鼻水でべしょべしょにしていたが、やがて水分が出尽くしたらしく泣き止んだ。

呆れ顔のハフティーが差し出した井戸桶の水を一気飲みして顔を洗い、充血した眼で恥ずかしそうに謝る。

「ごめんなさい。もう大丈夫です」

「いやいいよ。なんならもうひと泣きいくか？」

俺が両手を広げて首を傾げるとウルはふらふらっと身を寄せかけたが、隣のハフティーの顔を見て神妙に固辞した。

俺は大きく伸びをして、周りを見回す。

崩壊した街の残骸と燃え残りはまだ熱を帯び、門から雪崩をうって脱出していった市民たちは戻ってきていない。

魔王の大陸間弾道投げ槍でうやむやになったが、俺たちは重要人物殺害の罪で手配がかかっている。追撃がないとはいえ長居もできない。人が様子を見に戻ってくる前にさっさと逃げるに限るぜ。

「よーし、みんな疲れてるとこ悪いけど、出発するか。不老不死の霊薬を届けに行こう」

「そうですね。私も魔王を殺っ……魔王に用事ができましたし」

「私もだよ」

心強い旅の仲間を連れて、俺たちは見るも無残に崩壊した街を北へ行く。

でも何か忘れてるような？

「あっ!?　荷担！　あいつどうした？　……まだ埋まってるーッ!?　掘り出せ掘り出せ！」

「埋めたままにしないか？」

「まあまあハフティー、悪い人ではないですから。たぶん」

ウル九割残り一割の労働負担で発掘された荷担は、俺たちを見ると礼も言わずにニチャァ〜と笑った。

「見ていたぞ。素晴らしい。愛にはこんな形もあるんだな」

「頭打ったか？　幻覚見えてるぞ」

恋愛が好き過ぎて見えないものが見え始めている。どう見ても槍投げ世界チャンピオンの血みどろ熱投劇だっただろ？　どこに愛の要素があったっつーんだよ。この恋愛脳がッ！

まあでも荷担のこういうのはいつものこと。死の淵から運良く舞い戻った今は荷担の賑やかしですら笑ってしまう。

俺たちは揃いも揃って頭がおかしい。でもこれ以上楽しい旅の仲間もいない。
みんなが一緒ならどんなことだって乗り越えられると信じられる。
だから行こう。不老不死のお薬を届けるために。

《了》

あとがき

突然ですが、自語りしたいので自語りしますね！

この小説は思いついてから書き上げるまでに二年かかったんですが、実はその間にＳＮＳで自称プロ作家に絡まれました。

この自称プロ作家がとにかく胡散臭い。アカウント名を検索してもヒットしないし、映画化までしていると言う割に作品名は秘密。本人は本当にプロだと主張するけど嘘っぽい。

でもアドバイスは的確なんですよ。最初は話半分で聞いていたんですが、手抜き箇所には目敏くダメ出ししてくるし、逆に作り込んだ箇所はしっかり意図を汲んで褒めてくれる。

胡散臭いけど、実力は本物。さては有名なプロ作家のサブアカウントだな？　と考えました。

本アカウントをこっそり探りながらしばらくやりとりを続けていたんですが、ある日、別作品のコミカライズが決まってですね。コミカライズするときに気を付けることを聞いたんですよ。

そしたらね。申し訳なさが滲み出る文面で白状されました。

プロだっていうのは嘘で、映画化どころか本を出したことすらない。ただのラノベ好きだって言うんですよ！　だからコミカライズの作法はわからないしアドバイスもできないと。

謎が解けました。ラノベに詳しいラノベ好きがアドバイスをくれていたんですね。

騙された形になりますが、実際すーっごく助かったので、悪い気はしませんでした。

気まずくなったのかその件の後フォローを解除され、彼とは疎遠になったんですが、数カ月後に思わぬところで彼の本名を知ることになりました。

前々から気になっていたとある映画シリーズ最新作を観に行った私は、お土産にパンフレットを買いました。パンフレットには原作者の談話が書かれていたんですが、ＳＮＳで知り合ったラノベ作家の話がどう考えても私のことなんですね。作品のモチーフが似ていたからつい声をかけたけど、身元が割れそうになったから適当言って逃げたと書いてありました。

もうね、手のひらの上でコロコロ転がされていたのがわかって変な笑いが出ました。

最初は偽物だと思って、本物だと思い直したら、本人から偽物だと告白されて、実は本物だった。こんなん頭おかしくなりますよ。

私もそこそこやる作家だと自負していましたが、本物には勝てないと感じた一件でした。

まるで嘘みたいな話ですが、嘘です。

この自語りは全部嘘です。ごめんね。

あとがきで出版に携わった関係各位への感謝を述べるのもいいけど、読者がそれ読んでもたぶんあんま面白くないし、本編も面白い上にあとがきまで面白い小説に仕立て上げるためには嘘も必要かなという出来心でした。

よしんばあとがきがつまんなくても、この最終行まで読ませた時点で私の勝ちです。

令和六年十月某日　黒留ハガネ

唯一無二の最強テイマー
～国の全てのギルドで門前払いされたから、他国に行ってスローライフします～
原作：赤金武蔵　漫画：田村紘一
キャラクター原案：LLLthika
異世界還りのおっさんは終末世界で無双する
原作：羽々音色　漫画：ダンタガワ
オルクセン王国史
～野蛮なオークの国は、如何にして平和なエルフの国を焼き払うに至ったか～
原作：樽見京一郎　漫画：野上武志

BRAVENOVEL
ブレイブ文庫

不老不死のお薬だしときますね 1

2025年2月25日　初版発行

著　者　黒留ハガネ

発行人　山崎　篤

発行・発売　株式会社一二三書房
〒101-0003 東京都千代田区一ツ橋2-4-3
光文恒産ビル
03-3265-1881

印刷所　中央精版印刷株式会社

■作品の感想、ファンレターをお待ちしております。

■本書の不良・交換については、メールにてご連絡ください。
株式会社一二三書房　カスタマー担当
メールアドレス：support@hifumi.co.jp

■古書店で本書を購入されている場合はお取替えできません。

■価格はカバーに表示されています。

■本書は小説投稿サイト「小説家になろう」(https://syosetu.com/)
に掲載された作品を加筆修正し書籍化したものです。

ISBN 978-4-8242-0396-0 C0193